CET ÉTÉ-LÀ

Née en 1962, Véronique Olmi est une dramaturge française. Elle écrit, depuis une dizaine d'années, des pièces de théâtre (*Chaos debout*, *Le Jardin des apparences*, *Mathilde*, *Je nous aime beaucoup*) et des romans (*La pluie ne change rien au désir*, *Sa passion*, *Le Premier Amour, Bord de mer*). Son œuvre est traduite en quinze langues et ses pièces sont jouées dans le monde entier.

Paru dans Le Livre de Poche :

La pluie ne change rien au désir

Le Premier Amour

Sa passion

VÉRONIQUE OLMI

Cet été-là

ROMAN

GRASSET

ISBN : 978-2-253-16213-1 – 1re publication LGF

A ma sœur, Valérie

« Et cela me consola, comme cela me console aujourd'hui : tout ce que vous croyez avoir imaginé est réel. Il faut seulement y survivre. »

Joyce Carol OATES

Delphine et Denis étaient partis les premiers, pour préparer la maison. Alex et Jeanne les rejoindraient en train le lendemain avec leurs copains, condition posée auprès de leurs parents pour venir passer le week-end du 14 juillet avec eux et leurs amis à Coutainville. Ainsi, pensait Delphine, ils seraient dix dans la maison, et c'était bien. Il fallait du monde, le plus de monde possible entre elle et Denis.

Ces derniers temps Lola se sentait épuisée, un peu nerveuse, distraite dans son travail. Elle était contente que le week-end du 14 juillet l'éloigne de Paris, que ses émissions radiophoniques marquent une pause. Samuel, qu'elle avait rencontré il y avait juste un an, ne connaissait pas la maison de Delphine et Denis à Coutainville. Il était heureux de ces trois jours au bord de la mer, comme un enfant qui se réjouit d'un projet longtemps imaginé et idéalisé. C'est ainsi que la plupart du temps, Lola voyait Samuel : comme un gamin. Il avait douze ans de moins qu'elle, 26 ans à peine, et portait en lui l'enthousiasme de ceux qui savent peu de chose.

Nicolas n'avait pas dit à Marie qu'il l'attendrait dans le bar face à la production. Il avait mis leurs valises dans la voiture et savait qu'elle serait heureuse de partir à Coutainville sitôt son essai terminé. Il lui avait fait répéter la veille au soir le rôle de cette grand-mère qui ouvre un centre d'accueil pour les enfants dont la mère est atteinte du sida. Il avait pris sa voix la plus haut perchée pour lui donner la réplique : une assistante sociale un peu garce qui s'opposait au projet. Puis ils avaient choisi ensemble la tenue qui semblait la plus appropriée pour l'audition, et à la manière dont Marie avait fini par dire dans un sourire éclatant : « De toute façon on s'en fout ! », à la façon dont elle avait tourné si longtemps dans le lit avant de trouver le sommeil, il avait su qu'elle tenait à ces dix jours de tournage et à ce rôle au plus haut point. Cela faisait longtemps qu'on ne lui avait pas proposé autant de jours de travail, en revanche c'était la deuxième fois qu'on lui proposait de jouer une grand-mère. Elle venait d'avoir 52 ans.

Sans leurs enfants le trajet semblait plus long. Non pas que le silence entre eux soit une gêne pour Delphine et Denis, ils y étaient habitués. Mais les remarques d'Alex et de Jeanne quand ils étaient avec eux, les souvenirs qu'ils évoquaient et qui émaillaient la route entre Paris et Coutainville, rappelaient ce temps de leur petite enfance, quand leurs parents avaient encore le goût et l'envie l'un de l'autre, qu'ils se disaient des mots à voix basse, et riaient après, que Denis jetait un bref coup d'œil dans le rétroviseur intérieur, s'assurant de leur sommeil pour poser un doigt sur la cuisse de Delphine et remonter lentement vers son ventre, ne cessant que lorsqu'elle le lui demandait dans un petit rire heureux. Ou ne cessant pas. Cela arrivait. Sur la route du retour surtout, lorsqu'ils la faisaient de nuit, arrivant à Paris le dimanche si tard que les enfants se couchaient tout habillés et se levaient le lendemain chiffonnés, avec un peu de rancune pour ces parents inconscients, qui avaient tenu à voir le coucher de soleil sur la mer avant de rentrer à Paris.

Il faisait beau. La lumière du matin vibrait de courants chauds et se retenait d'envahir le ciel. Denis s'arrêta un peu avant Caen pour mettre de l'essence. Il ne le dit pas à Delphine. Il ne lui dit pas « Je vais faire le plein, tu veux un café ? ». Avant, c'est ce qu'il faisait. Un café ensemble sur l'autoroute, juste avant d'en sortir et de suivre la nationale jusqu'à Coutainville, ce plaisir d'être dans la campagne, sentir l'odeur acide du foin coupé, l'humidité de la terre, et la joie impatiente de se rapprocher de la maison, ce jeu avec les enfants lorsque Denis, lançant plus vite la voiture en bas d'une côte les prévenait : « Arrivés au sommet de la côte, on tombe, il n'y a plus rien après que le vide, vous êtes prêts ? On y va ! » Et cela faisait toujours un peu peur. Même à Delphine, elle ne savait pourquoi. Arrivée en haut de la côte, lorsque l'autre versant de la route était invisible, elle avait toujours cette brève douleur au ventre, cette appréhension irrationnelle de tomber dans le vide.

Après avoir fait le plein Denis entra dans la cafétéria, Delphine sortit de la Mercedes, mais ne le suivit pas. Elle s'adossa au capot de la voiture pour fumer une cigarette et sentir sur son visage l'air frais traversé d'ondes de chaleur, qui donnaient envie de la mer, envie du sable et du repos. Un homme vint lui demander du feu, elle lui tendit son briquet sans le regarder. Il resta à côté d'elle, même après lui avoir rendu le briquet, comme si elle s'était tenue dans le coin fumeur, exactement, comme s'il ne pouvait pas s'éloigner.

— On a de la chance pour le 14 juillet, hein ? Ce temps !

Elle lui sourit brièvement.

— Oui on a de la chance, dit-elle.

— Vous allez à la mer ?

— Oui.

— Il va y avoir du monde.

— Oui.

Et puis l'homme se tut. Il la regardait. Et la trouvait jolie, car elle était jolie, elle l'avait toujours été et rien n'entamait cela, ni les maternités, ni le temps, ni même cette tristesse, maintenant que Denis et elle vivaient si mal ensemble, désaccordés et amers. Elle était grande, mince, racée, elle prenait soin d'elle, les yeux toujours maquillés, les corsages le plus souvent accordés à leur couleur, un bleu profond, presque violet, ses lèvres étaient fines, ses dents un peu en avant, ce qui lui donnait un charme étrangement juvénile, surtout lorsqu'elle riait, car il semblait alors qu'elle allait dévorer la vie, la mordre de ses petites dents blanches un peu en avant. Elle avait 40 ans et ne s'en plaignait pas, sachant combien dans dix ans, dans vingt ans, elle regretterait cet âge, et c'est peut-être ce qui plaisait aux hommes, cette façon désinvolte qu'elle avait de porter ses 40 ans. Ils sentaient son envie d'être heureuse.

— Vous allez vous baigner ?

— Pardon ?

— Je demande si vous allez vous baigner parce que quand même… on dit qu'elle est à 16… j'ai lu ça sur internet hier, la météo des plages, 16 c'est pas beaucoup !

— Non, c'est pas beaucoup.

— Faut attendre l'après-midi, que la mer ait chauffé, 15 heures ou 16 heures, ça doit être bien.

— Non, dit-elle, les meilleurs bains c'est le soir, quand les vagues ont bien battu la mer, alors elle est tiède, elle est presque douce malgré les vagues.

Et puis elle laissa son mégot tomber à ses pieds et l'écrasa avec application du bout de sa chaussure, sans cesser de le regarder, et sa ballerine rouge qui faisait une si jolie tache sur le goudron huileux. Le bruit de la portière lui fit relever la tête : Denis venait de monter dans la voiture. Elle le rejoignit. Elle reçut son regard malgré elle lorsqu'il tourna la tête pour faire une marche arrière et sortir la voiture du parking. Son regard était aussi dur que sa voix lorsqu'il lui dit, très vite, très bas :

— T'as pas perdu de temps !

Et puis la manœuvre terminée, il lança la Mercedes un peu trop vite sur le parking, pour rejoindre la bretelle d'autoroute. Le corps de Delphine se rejeta instinctivement en arrière lorsqu'il faillit renverser une femme qui traversait, tenant un enfant par la main. Elle ne fit aucune remarque. La femme, elle, hurla de colère et de peur, et du plat de la main frappa violemment le capot de la voiture. Denis dit simplement en la dépassant :

— Connasse va !

— Grande classe, lui dit Delphine.

— C'est ça, répondit-il simplement.

Et ce fut tout.

Ils arrivèrent à Coutainville par le bas de la ville, à l'endroit exact où les enfants, même aujourd'hui, à 11 et 16 ans, guettaient encore qui verrait la mer en premier et aurait ainsi le droit de crier : « La mer ! » comme une incroyable victoire, et cela même à marée basse, ce qui les faisait rire mais tout de même : celui qui le premier apercevait la barrière blanche qui marquait l'entrée de la jetée, et puis quelques secondes après la mer, ou l'étendue de sable, celui-là avait gagné. Rien. A part la joie de crier le premier « La mer ! » dans la voiture. La joie que les autres passagers répondent, un peu plus bas, émerveillés et respectueux : « Ah oui la voilà… La mer… » Et puis la voiture tournait, n'atteignant jamais la jetée, la maison était cachée, un petit chemin de sable, de coquillages brisés et d'éclats d'ardoise menait dans l'impasse au fond de laquelle on les découvrait, elle et son jardin.

Derrière les vitres de sa chambre, toujours tachées de sel et de sable, Delphine regardait la mer. Elle ressentait toujours, à la retrouver, un peu de honte. La mer était là. Pleine. A sa place. Sans scrupule. Il semblait à Delphine qu'au lieu de vivre, elle hésitait. Une sensation légère de gâchis, en permanence. Comme si l'air était vicié. Elle se retourna quand Denis entra pour poser sa valise sur son lit. Ils partageaient la même chambre mais dormaient chacun dans des lits une place, des lits d'enfant pour ainsi dire. Elle le regarda, le front dégarni à présent, son long corps un peu voûté dans la fatigue, mais beau toujours, oui un bel homme, sportif et sûr de lui, le charme de ceux qui sont plus attirants à 55 ans qu'à 20, parce que enfin leur corps est habité par la vie et qu'ils ont combattu pour y avoir leur place. Il lui aurait plu, encore. Si elle le rencontrait aujourd'hui, chez des amis, au cinéma, elle aimerait qu'il la regarde et qu'il l'aborde.

— Et si on déjeunait chez l'Italien ? lui demanda-t-elle.

— Chez l'Italien ?

— Oui… On faisait ça avant… On est en vacances après tout…

— Je te rappelle que tu es toujours en vacances.

Elle se retourna pour regarder la mer de nouveau. Non, peut-être que cet homme ne lui plairait pas si elle le rencontrait chez des amis, au cinéma, peut-être que son instinct lui dirait d'emblée de se méfier, car on ne peut pas vivre sans tendresse.

Elle l'avait pris au dépourvu, il ne s'attendait pas à ça, de toute façon c'était idiot, ce tête-à-tête au restaurant à meubler les silences par des banalités, un calvaire. Il la regardait et voyait ses épaules fines frissonner un peu sous la robe en soie imprimée, ses longs cheveux, son dos, ses fesses hautes. « Elle est jolie », pensa-t-il, et alors la colère l'envahit.

— Je dois passer chez le couvreur, ne m'attends pas pour déjeuner, dit-il, et il sortit aussitôt.

Delphine regardait toujours la mer derrière les vitres sales. « On ne pourra jamais les nettoyer entièrement, pensa-t-elle, elles sont trop hautes, et même si on les nettoyait ce serait idiot oui vraiment faire venir ùn professionnel et puis quoi… ? Deux jours ? Trois jours après tout serait à recommencer, ce serait stupide. » Et cette stupidité lui fit venir les larmes aux yeux. Quel agacement…

La mer se retirait lentement, une légère bande de sable mouillé apparaissait. Delphine pensa qu'il devait y avoir du monde sur la plage, et des cris de tous les âges, de tous les temps. On venait ici en vacances enfant, puis adulte, parent, grand-parent, assis sur un pliant sous un parasol, un large chapeau de soleil sur la tête. On regardait les enfants jouer sur le sable et s'approcher dangereusement de l'eau, on entendait les recommandations de leurs parents, qui bientôt vieilliraient et iraient s'abriter à leur tour sous le parasol. Delphine sortit les rejoindre. Toutes les générations qui crient. Face à la mer.

— Samuel ! lui dit Lola pour la troisième fois, ne m'embrasse pas en public, je n'aime pas ça, ça me gêne !

— Ce train est désert, qu'est-ce que tu racontes, et l'autre soir au cinéma tu n'as pas cessé de m'embrasser, et les Maillol ! Qu'est-ce que tu fais des Maillol ?

— Mais les Maillol c'était au début, on fait toujours des choses comme ça au début, ça fait partie du jeu.

— Aucune femme ne m'avait jamais fait ce genre de plan, je t'assure. Me caresser sous mon manteau en plein mois de janvier, face aux statues des Tuileries…

— C'est pour ça qu'il était temps que tu passes aux femmes mûres, elles sont plus inventives.

Et pour signifier que le débat était clos, Lola allongea ses jambes sur la banquette en face et regarda le paysage défiler derrière la vitre du wagon, mais il n'y avait pas grand-chose à voir. Le plus souvent le train rasait des talus ou longeait des zones pavillonnaires dans les jardins desquelles des piscines gonflables et des portiques demeuraient déserts. Le décor désolé de l'ennui, de la démission lente.

— Samuel, penses-tu, quand tu vois un jardin désert, que des enfants obèses sont en train de se goinfrer de hamburgers devant des séries stupides ?

— Non. Je pense qu'ils ont fui au contraire, du plus vite qu'ils pouvaient, ils respirent sûrement en haut d'un arbre, ou dans une ville pleine de musique.

— Tu es un gagnant, ta boîte de communication va très vite faire des bénéfices, bravo !

Samuel était gentil. Il y a quelques mois il était même tout ce qu'elle aimait : enthousiaste, prévenant, plein d'énergie, et amoureux, oui, autant qu'on peut l'être quand on connaît si peu l'autre et qu'il est facile de faire entrer dans notre rêve cet être flou au service de notre imaginaire. Elle écouta la coupure nette du son, lorsque le train entra dans un tunnel. Comme cela claquait, vif et brutal. Elle pensa qu'elle pourrait coupler ce son avec celui du vent, ou peut-être le claquement d'un drap étendu, et qui bat. Lola avait été reporter de guerre au Moyen-Orient pendant dix ans. Elle était revenue en France deux ans plus tôt, et produisait une émission radiophonique sur le silence. Elle aimait se réfugier dans cette écoute permanente. Le bruit de la vie qui surgit, sans les mots. Cela avait commencé au Canada, dans une forêt près de Calgary. Il y avait ce grincement, chaloupé et insistant. Elle avait demandé ce qui bruissait ainsi, lancinant, comme un choc enroué. « Les arbres », lui avait-on répondu. Pas les branches, ni les feuilles, pas le vent. L'arbre lui-même.

— Je suis contente qu'on passe trois jours au bord de la mer, tu vas adorer la maison de Denis et Delphine, et quelle chance ce temps, hein !

— Oui. Je n'aurais pas aimé découvrir la Normandie sous la pluie, je déteste la pluie.

Oh oui vraiment, il sait peu de chose, pensa-t-elle, comment un amant peut-il dire cela, qu'il déteste la pluie ? Samuel n'avait pourtant rien de ces pauvres types qui traquent le soleil douze mois sur douze et se félicitent du beau temps comme s'il était une récompense personnelle. Elle lui caressa la joue. Regarda ses yeux verts, trop clairs, ses cheveux bouclés qui encadraient des joues rondes encore. Rien n'était abîmé.

Le train ralentit, traversa sans s'y arrêter une gare déserte. Après la gare, on apercevait un bar-tabac sans pouvoir en lire l'enseigne, une mobylette était garée devant. Lola se dit qu'au son du train entrant dans un tunnel, elle ajouterait celui d'un rideau de fer, secoué par un vent chaud. Cela était-il possible, entendre la chaleur du vent ? Samuel s'était blotti contre elle, comme si elle avait été une femme apaisante. Une femme de 38 ans contre laquelle on se tient à l'abri.

Ainsi, une fois encore elle amenait à Coutainville, chez Delphine et Denis, un garçon sans expérience. Et qui ne la connaissait pas. Elle demeurait libre.

Toujours, avant d'arriver à Coutainville, Nicolas et Marie s'arrêtaient à Coutances. Ils achetaient des sablés et des meringues chez Lemonnier, prenaient un café au Tourville et déjà, ils étaient en vacances. Ils fêtaient le 14 juillet chez Denis et Delphine depuis seize ans maintenant. Nicolas et Denis s'étaient connus au lycée Chaptal où ils faisaient partie de la même équipe de basket, ils avaient partagé les soirs d'entraînement, les week-ends de matchs et de tournois, les stages et les détections. Le bac en poche, chacun avait suivi sa route. Nicolas était entré en fac d'histoire, tandis que Denis préparait le concours d'entrée à l'ISC Paris, cette école de commerce prestigieuse à laquelle son père tenait tant. Ils s'étaient revus par hasard un soir rue du Bac, Denis sortait son chien, un labrador noir nommé Pepsi, Nicolas allait chez un vendeur de cognac qui personnalisait les étiquettes de ses bouteilles et recevait ainsi la plupart des comédiens de Paris, qui offraient les soirs de première des cognacs aux noms aussi variés que « La double inconstance » ou « Boeing Boeing ». Nicolas était allé chercher sa commande : la bouteille s'appelait « Don Juan », Marie jouait Elvire, elle avait 25 ans et il lui faisait la cour depuis huit mois. En plus du cognac il comptait lui offrir, le soir de la première, une bague de fiançailles. Elle l'accepta sur-le-champ. Trois mois après ils étaient mariés, *Dom Juan* partait en tournée, Nicolas rejoignait la troupe les week-ends et les vacances scolaires, il connaissait par cœur *Dom Juan*, les horaires SNCF et les brasseries de province ouvertes la nuit.

Le soleil donnait à Coutances un petit air de station balnéaire. La mer n'était plus qu'à quelques kilomètres, l'air déjà était différent, un peu vif malgré le soleil, on entendait les mouettes sans les voir, des voitures passaient, qui tractaient des bateaux.

— Je crois que je vais accepter, si Denis me propose de monter sa jument.

— Nicolas ! Denis ne te proposera jamais de monter Tina, il te refilera un des vieux bourrins du club et tu auras du mal à le suivre.

— N'essaye pas de me dissuader parce que tu pétoches, bourrin ou pas j'ai une envie folle de faire partie du dépliant, tu sais : celui où on voit des copains galoper sur la plage, cheveux au vent, pull cachemire noué sur les épaules !

Marie passa la main sur les cheveux courts de Nicolas :

— Ne manque que le cachemire mon amour...

Leur voiture, une vieille Peugeot vert foncé, n'avait pas de climatisation. Marie ouvrit la fenêtre et laissa sa main attraper l'air du dehors, avec cette légère résistance due à la vitesse, au bout d'un moment il lui semblait que sa main enflait, engourdie comme après une piqûre d'insecte et se dissociait de son corps. L'audition du matin lui semblait étrangement loin, et l'humiliation, lorsque la casting lui avait demandé de faire une troisième prise, était peut-être ressentie par une autre qu'elle-même... Une qu'elle avait laissée là-bas. Elle demanda à Nicolas lequel de ses maillots il préférait : le une pièce noir ou le deux pièces à rayures ? Evidemment il ne se souvenait d'aucun des deux.

— Quelle est réellement la question, Marie ?

— De toute façon c'est la mode du paréo, j'ai amené un paréo.

— Quelle est réellement la question ?

— Je t'ai dit que Anaïs voulait qu'on la rejoigne fin août ? J'ai dit « Ton père sera sûrement d'accord », hein ? Tu es d'accord ? C'est bien Tel-Aviv fin août, moins de monde, pas de fête religieuse...

— Parce que quelle que soit la question, la réponse est non : tu n'as pas grossi.

— Merci.

Nicolas ralentit un peu, passa sa main sur le corsage de Marie :

— Si tu permets, dit-il, je vérifie...

Elle le regarda en souriant à demi, cet homme-là lui plaisait drôlement. Ça tombait bien.

C'est une jolie planète, pensa Delphine, très jolie planète : la mer, le ciel, les arbres, la pluie et le soleil... Si Dieu existe c'est un scénographe de génie. Dommage que ce soit inhabitable. Dommage qu'on ne soit pas faits pour y vivre ensemble. Elle inclina la tête en souriant : Serge s'approchait d'elle, elle se leva pour lui tendre la main :

— Vous êtes arrivés quand ? Il me semblait que les volets étaient fermés.

— On vient d'arriver.

— Denis n'est pas là ?

— Il est chez le couvreur. Et vous ? Vous êtes arrivés... Vous êtes là depuis longtemps ?

— Gabrielle passait son bac de français, ils les ont libérés le 7 juillet seulement, oh c'était la barbe, rester à Paris huit jours de plus, parce qu'évidemment Sylvie ne voulait pas la laisser seule... Je la comprends. Enfin c'était n'importe quoi le bac cette année, Gabrielle a pris le commentaire de texte, le sujet je vous le donne en mille... Delphine ? Delphine vous m'écoutez ?

Denis était là. Il s'était baigné. Il sortait de l'eau. A la façon ample dont il respirait, elle savait qu'il avait nagé longtemps, loin, avec bonheur.

— Et c'était quoi le commentaire de texte, cette année ?

— Un discours d'Obama, mais je viens de vous le dire…

— Non, mais… Pas le discours en entier ? Si… ?

Denis se penchait pour ramasser sa serviette et s'en frotter vigoureusement le corps tout en regardant la mer, avec cette légère grimace qu'il avait toujours dans l'effort. Il avait de belles jambes. Qu'il n'aimait pas. Les hommes en général n'aiment pas leurs jambes, ils ont tort, pensa Delphine. Un ballon atterrit aux pieds de Denis. Un gamin s'approcha en clignant les yeux face au soleil. Denis ramassa le ballon sans le lui donner, et ils restèrent à parler un peu.

— Enfin il a beau être prix Nobel de la paix, un discours c'est pas ce que j'appelle moi, de la littérature !

— C'est quoi la littérature ?

L'homme éclata de rire. Il pensait que Delphine faisait de l'humour, elle était d'accord avec lui, c'était pas de la littérature, et il embraya sur l'Education nationale et la privatisation de la Poste. Delphine regardait toujours, par-dessus son épaule, Denis et l'enfant. Denis si grand, un peu penché vers le garçonnet qui riait à présent, en se dandinant d'un pied sur l'autre. C'est ainsi qu'il avait été avec ses propres enfants : gentil, séduisant, et pressé. Elle, était là 24 heures sur 24. A Denis il suffisait d'apparaître, pour un week-end, quelques heures, et Jeanne et Alex buvaient ses paroles, se fabriquaient avec leur père des souvenirs chaleureux, volés avec gourmandise à l'absence. Ils étaient toujours pleins de gratitude pour lui, puisque son temps était si précieux c'était une faveur qu'il leur en donne un peu. Delphine était là et c'était dans l'ordre des choses, peut-être même était-ce à elle d'être reconnaissante à ses enfants, puisqu'ils lui donnaient sa place. Mais ils avaient grandi. Et brouillé les repères. Denis tendit le ballon au gamin qui repartit en courant. L'homme se retourna pour voir ce que Delphine regardait ainsi par-dessus son épaule.

— Ça alors ! Denis !

Il alla à lui avec un soulagement évident. Denis savait très bien se composer une expression, et seule Delphine perçut le bref instant de surprise désagréable et violente qu'il ressentit à la voir sur la plage, et lorsque l'homme s'avança vers lui il avait ce sourire accueillant et ouvert qui était sa seconde peau, son masque de président-directeur général. « Il serait capable de signer un contrat sur la plage », pensa-t-elle. Elle décida de ne pas bouger. Ne pas jouer la comédie de l'épouse qui va à la rencontre de son mari et lui demande comment cela s'est passé avec le couvreur et de venir avec elle, pour son premier bain de l'année. Comme ils le faisaient, avant. Le premier bain de l'année, en courant main dans la main, avec les inévitables et délicieux petits cris parce que l'eau est si froide en Normandie, et l'instant redouté et drôle pourtant où elle arrivait à hauteur du bas-ventre, les rires et les grimaces et puis après avoir compté jusqu'à trois et plongé c'était si bon d'y être enfin et dire avec satisfaction : « Elle est pas si froide que ça », et s'embrasser du sel plein la bouche et le cœur battant. Denis était un peu gêné qu'elle ne bouge pas et le regarde ainsi à distance, elle le savait, elle le voyait à ses petits coups d'œil agacés et vaguement réprobateurs.

— Tu ne t'es pas encore baignée ? Serge y va justement, dépêche-toi la mer descend.

Il venait à elle, avec l'homme dont il ne savait comment se débarrasser.

— Non, mais… Je vais rentrer… Sylvie m'attend, dit-il.

— Vous ne voulez pas vous baigner avec ma femme ? Vous avez tort, c'est une bonne nageuse.

— Serge te dit qu'il est pressé, dit Delphine d'un ton glacé, et l'autre déguerpit aussitôt.

— Tu ne vas pas te baigner ?

Elle n'osait lui dire qu'elle n'avait pas envie d'y aller seule.

— Alors, tu vas te baigner oui ou non ?

— Qu'est-ce que ça peut te faire ?

Il hésita un instant. Il eut un bref mouvement de la main vers les cheveux de Delphine, sans comprendre cette impulsion.

— Rien, dit-il. Je m'en fous.

Et il s'en alla, sa serviette autour du cou, comme un boxeur. Il quitta la plage marchant droit, sans trébucher sur le sable, car il se disait que peut-être, elle le regardait. Mais elle ne le regardait pas. Elle allait à la mer, qui déjà se retirait, et il fallait marcher longtemps sur le sable mouillé avant d'arriver à l'eau, et puis marcher longtemps encore avant d'en avoir à mi-cuisse et de pouvoir plonger. Delphine aimait marcher ainsi à marée basse, passer dans les flaques chaudes, les reliefs du sable là où les vers ont laissé des petites mottes, les algues douces, les coquillages brisés qui font un peu mal, toute cette reconnaissance de la mer, quand elle n'a pas encore disparu.

Plus tard ils se retrouvèrent dans la maison, et chacun savait ce qu'il avait à faire avant que les enfants et les amis arrivent le lendemain. Marie et Nicolas, les habitués fidèles et rassurants ; Lola et son nouvel ami, qu'ils connaissaient à peine et dont ils n'attendaient rien ; Jeanne et Alex avec leurs copains, conviés comme compagnons de jeux, passe-temps faciles. Delphine veillait à ce qu'il ne manque rien dans les chambres, les salles de bains, vérifiait que la femme de ménage avait suivi ses instructions. Puis elle alla cueillir des roses. Pour faire quelque chose, elle aussi. Denis vérifiait sa cave, sortait les meubles de jardin, le barbecue. Le soleil était haut maintenant, et la mer invisible. Déjà on voyait les silhouettes de ceux qui partaient pêcher la crevette et le lançon. Chaque année il en était ainsi, les mêmes gestes, les mêmes images dans le même paysage, et la joie de se retrouver, avec les rôles distribués, et l'envie commune que tout soit réussi. Cette année pourtant, rien ne se passerait comme prévu.

— Elle est belle, Jeanne, fit remarquer Marie, c'est incroyable comme à 16 ans les filles d'aujourd'hui sont femmes, nous on avait l'air… presque engourdies, non ? Des bébés, encore.

Delphine regarda sa fille, assise sous le grand pin du jardin, avec sa copine Rose. Elles se vernissaient les ongles de pied avec un sérieux appliqué, sans même se parler.

— Je n'aime pas beaucoup sa copine, dit-elle.

— Vous avez vu ce qu'elle lit ? demanda Lola : *Closer* et *Voici* en mâchant du chewing-gum, c'est typiquement le genre de fille que tu croises dans un centre commercial.

Et elles restèrent ainsi à regarder ces deux adolescentes indifférentes à ce qui se passait autour d'elles, qui n'avaient pas proposé leur aide pour dresser le couvert ou préparer les salades. Chacune essayait de deviner ce qu'elle aurait fait à leur place, et ce temps de l'adolescence ne leur semblait pas si loin, cette impatience heureuse teintée de méfiance et d'instinct. Cela surgissait parfois. Brièvement, comme des rappels. Elles se servirent des verres de vin. Marie trouvait ses jambes trop pâles et ses chevilles gonflées… sûr qu'elle avait encore pris du poids. Son corps grossissait et vieillissait comme en dehors d'elle, et sans contrôle. Lola pensait qu'elle avait amené tant d'hommes dans cette maison, et ce qui les premières années l'avait amusée, lui paraissait aujourd'hui convenu. Une habitude ancienne qui n'a plus de sens et dont on ne se défait pas par négligence. Elle regardait Jeanne et Rose et se souvenait… 16 ans c'était bien, juste avant que les choses prennent une sale tournure… Marie raconta à Delphine sa dernière audition, le rôle de cette « jeune » grand-mère, mais Delphine regardait sa fille et tentait de comprendre ce qui la liait à sa copine, cette ado des galeries marchandes et des rumeurs sur la cellulite des stars. Rose se tenait la tête rentrée dans les épaules, le buste légèrement projeté en avant, dans une attitude semi-défensive, une silhouette de petit taureau. Jeanne lui faisait sûrement des confidences. Est-ce qu'elle les comprenait ? Est-ce qu'elle y répondait ? Ce petit être brut avait-il de l'influence sur sa fille ? Marie sentit que Delphine ne s'intéressait pas à ce qu'elle lui racontait. Ses histoires étaient attendues. Depuis combien de temps maintenant racontait-elle ses projets, qui avaient tous le même visage : un rôle, une audition, l'attente ? Ses amies étaient habituées à cela. Elle était cela : une comédienne-qui-attend-un-rôle. Elle vida son verre d'un trait. Le soleil était haut dans le ciel, la mer était remontée dans la nuit, comme un décor qui se met en place. Il faudrait en profiter bien sûr, ne pas manquer l'opportunité d'un après-midi ensoleillé en Normandie, à marée haute. Déjà Delphine passait sur ses jambes de la crème solaire, pour le plaisir du geste, l'odeur un peu sucrée, la texture huileuse qui resterait sur les doigts et accrocherait les grains de sable, et les grains de sable entreraient dans la maison, sur le sol et dans les lits, chacun porterait avec soi un peu de la plage, le souvenir d'une journée au soleil.

Samuel arrivait avec Denis et Nicolas, les bras chargés de bouteilles de vin. Ils avaient fait les courses que font les hommes, partageant le plaisir d'être ensemble dans une boutique de qualité, sans se soucier d'établir un menu ou d'être concrets. Ils avaient acheté les journaux et les cigares, et des sorbets chez le meilleur pâtissier, qu'ils avaient oubliés sur la plage arrière de la voiture. Lola regarda Samuel, heureux d'être là, voulant bien faire et se montrant le plus disponible et le plus sympathique qu'il pouvait l'être. Il était le petit nouveau et se savait évalué, inévitablement testé. Il avait acheté des *Millionnaires* et des *Bancos*, il s'assit sur l'herbe à côté d'elle et commença à les gratter consciencieusement, l'un après l'autre. Lola sut exactement ce que pensaient Marie et Delphine, leur désapprobation muette. Denis les rejoignit.

— Ton mari a décidé de nous faire goûter ses tartares de thon, on ne peut plus entrer dans la cuisine, dit-il à Marie.

Delphine le détesta pour ça : cette façon de dire « ton mari » et non pas « Nicolas », cette petite distance qui marquait sa supériorité, car sûrement un homme dans une cuisine était pour Denis assez déplacé, à moins qu'il n'y ouvre des huîtres ou ne découpe un gigot.

— J'ai battu Denis au flipper, dit Samuel, une raclée d'enfer, pas vrai Denis ?

— Je me suis dit que ce serait peut-être une bonne idée d'installer un flipper dans la salle de détente de l'entreprise, on parle de sieste maintenant, ça vient du Japon, il paraît que les employés ont besoin de faire la sieste, moi je vais installer un flipper.

— C'est censé remplacer la crèche ou c'est en bonus ? demanda Delphine.

Il y eut un léger silence, presque rien. Lola savait que le véritable silence, pur, direct, n'existe qu'en studio. Celui-ci vibrait d'ondes lourdes, pareilles à de tout petits cris.

— Nicolas me dit que tu as auditionné pour un rôle de grand-mère, dit Denis à Marie. Tu sais que si tu fais ça tu es fichue, on ne te proposera plus que des rôles de vieilles femmes.

— On peut être grand-mère à mon âge.

— Mais on s'en fout de ça ! C'est une question de stratégie, si tu acceptes ça aujourd'hui au lieu de jouer des femmes désirables et passionnées, tu es finie.

— On peut être grand-mère et passionnée… non ?

Et elle se dit qu'il était troublant que tous nos âges cohabitent ainsi en nous, sans qu'aucun efface l'autre ou l'abîme. Delphine passait maintenant la crème sur ses bras, des caresses lentes, répétées, elle regardait ses mains comme si quelqu'un d'autre prenait soin d'elle. Puis elle dit :

— La copine de Jeanne est une abrutie.

Samuel releva la tête brusquement : on pouvait parler de lui ainsi, il en était sûr. Denis sourit malgré lui.

— Une abrutie totale, dit-il.

Il y eut un petit souffle de vent, furtif, comme envoyé par la mer, et dans le jardin l'odeur de la résine se fit plus forte, se maria à celle du buis et des cyprès, et c'était une odeur accordée au vin qu'ils buvaient, à la journée qui se présentait à eux comme une proposition.

Il y avait dans la chambre du haut, sous les toits, cette douce impression d'être dans un bateau. La chambre avait été préparée pour Lola et Samuel, elle était celle que Delphine donnait toujours au couple le plus récent et surnommait en secret « la chambre des siestes longues », et chaque année Lola la faisait découvrir à un homme qui savait qu'il n'était pas le premier et doutait d'être celui qui reviendrait l'année d'après, ce qui n'était pas flatteur, mais le dédouanait de trop d'efforts.

C'était une chambre qui sentait le bois frais et dans laquelle on se cognait souvent la tête, car le plafond épousait la forme du toit ; la petite salle de bains attenante était rudimentaire, il y faisait toujours un peu froid même l'été, pourtant Denis et Delphine avaient projeté à l'époque d'en faire leur chambre. Elle n'avait rien d'une chambre conjugale, encore moins parentale et si leurs enfants avaient pleuré la nuit ils ne les auraient pas entendus. Alors ils y étaient venus en douce, à l'improviste. Quelques heures. Comme deux amants qui vont à l'hôtel. Ils s'aimaient alors tous deux comme on aime un idéal, avec une exaltation presque mystique, leur amour était si fort que son équilibre s'en trouvait menacé. Et maintenant ils pouvaient partager une chambre et y être seuls. Partager une maison, des enfants, des amis, et que leur indifférence mutuelle soit acceptée par tous, comme une nouvelle couleur sur le mur, une chose irrémédiable et aussitôt admise.

Lola et Samuel firent l'amour dans la chambre, une sieste plus longue que celle des autres couples, le rituel, dans la lumière un peu jaune, la découpe du ciel dans la lucarne ronde, les draps mauves, le traversin trop court, et posés par terre les romans abîmés dont les titres semblaient anciens comme de vieux faits divers à la une des journaux. Et les objets chinés dans les brocantes, les chaises dépareillées, les gravures à la mine de plomb, les galets près des coquillages pleins de poussière. C'était un lieu distrait. Lola regardait le dos de Samuel, il s'était retourné après l'amour, elle voyait ses épaules douces, les omoplates fines, le dessin de la colonne vertébrale, un corps de 26 ans, sans aspérité. Elle sut qu'elle s'en lasserait très vite, car la jeunesse de Samuel était décourageante. Comme un dessin jamais achevé. Elle attendit qu'il s'endorme pour partir à la plage. Dehors la luminosité lui parut violente comme un flash, la chaleur faite d'un bloc. Elle prit le petit chemin de sable et de terre qui menait à la mer. Ainsi, année après année, elle suivait le petit chemin de sable et de terre, une répétition ironique, comme une léthargie. Elle voulait que cela change. Elle ne savait comment s'y prendre. Elle entendit crier son nom. Samuel courait après elle, furieux comme un enfant qu'on a laissé de côté.

La plage était un territoire sur lequel chacun avait ses habitudes, sa place et ses horaires. Ainsi on pouvait s'y retrouver chaque jour, continuer des conversations entamées la veille, se passer des magazines, se donner des rendez-vous, l'apéritif de 19 heures, une partie de beach-volley, ou bien échanger simplement un signe de la main et s'ignorer pendant des heures. C'était des convenances légères, et immuables.

Lola et Samuel rejoignirent Marie et Delphine à leur place habituelle. La maison était juste derrière elles, cachée mais dans leur dos exactement, ainsi il était légitime d'être placées là, dans la trajectoire de la propriété, et la vue demeurait inchangée : la courbe de la plage, vers le centre de Coutainville, les îles de Jersey et de Guernesey que l'on se montrait à la jumelle les jours de beau temps, la maison du magistrat et ses lourdes glycines devant laquelle on passait toujours pour descendre sur la plage, et celle du docteur Aubert étonnamment moderne dans ce décor inchangé d'avant guerre.

Marie et Delphine sourirent à l'arrivée tardive du couple. Aucune d'elles pourtant n'enviait Lola. Juste une petite curiosité, une indulgence amusée. Samuel s'assit à leurs côtés. Lola ne lui avait-elle pas dit ? Ça n'était pas sa place. Certaines heures ne sont tout simplement pas mixtes :

— Denis et Nicolas sont au manège, lui dit Delphine.

— Je ne sais pas monter à cheval, dit-il en s'allongeant sur le sable.

Alors elles restèrent silencieuses. La présence du garçon rendait l'instant neutre et impersonnel. La mer était haute. Les enfants se jetaient à l'eau en criant et lorsqu'on fermait les yeux leurs cris résonnaient plus fort. Un mélange d'excitation, de peur légère et de défis. « La mer est le seul lieu où crier de joie est possible sans que personne demande de baisser la voix, se dit Lola, peut-être parce que la mer est le seul endroit où chacun de nous se sent pareil au jour où il l'a découverte. Se sent, la plupart du temps, un enfant. » Elle s'amusa à inscrire mentalement ces cris sur une partition imaginaire : les graves, les aigus, les croches, les temps…

— C'est Jeanne et Rose, là-bas, non ?

Samuel désignait les deux filles assises un peu plus loin sur le sable, qui parlaient avec un jeune garçon un peu maigre qui les écoutait en observant le sable filer entre ses doigts, encore et encore. Puis ils se levèrent tous les trois pour venir à eux.

— Je vous présente Dimitri, dit Jeanne.

Le garçon semblait d'un autre temps. Son visage un peu long, ses yeux en amande, ses lèvres minces, ses cheveux coupés ras… son physique n'était pas contemporain. Il était grand et fin, légèrement penché en avant, comme un Giacometti.

— Dimitri… ? Est-ce qu'on s'est déjà vus ? demanda Delphine.

— Je suis ici pour la première fois.

Sa voix était basse, rentrée en lui-même.

— Il a loué une chambre chez la mère Thibault, dit Jeanne avec consternation.

— Oh c'est très bien, dit Dimitri, elle sert même la chicorée le matin.

— Et vous venez d'où ?

— Le Centre de la France… Plus bas… Beaucoup plus bas.

Il sourit à Delphine d'un air désolé, puis soudain se tourna vers la mer, attentif et contrarié.

— Vous devriez passer à la maison vous changer, dit-elle à Jeanne, vous n'allez pas vous baigner ?

Jeanne avait encore sa jupe, Rose avait gardé son large pantalon kaki et son sweat à capuche, elle ressemblait à un animal sauvage incrusté dans un rocher.

— On passe à la maison, tu viens avec nous Dimitri ?

— Je vous attends ici, dit-il. Je ne bouge pas.

Il dit au revoir aux filles et à Samuel avec un bref hochement de tête, puis il s'éloigna. Pendant un temps ils l'observèrent du coin de l'œil, son grand corps pâle, son visage droit indifférent au soleil, et ses genoux serrés contre lui… Ils imaginèrent qu'il était le genre d'adolescent qui s'enivrait à la Desperado dans des soirées où il ne dansait jamais. Le genre de gamin mis instinctivement à l'écart dans une cour de récréation. Pourtant il y avait dans son regard fendu, ses yeux bridés, un éclat noir et vif comme l'étincelle d'une allumette qui s'enflamme. On n'aurait su dire si c'était de l'audace, ou de l'égarement.

Puis ils n'y pensèrent plus. Car au lieu d'attendre le retour de Jeanne et Rose, au bout d'un moment, simplement le garçon disparut. Ils s'en aperçurent seulement lorsque les deux adolescentes revinrent en maillot, Rose enveloppée dans une large serviette de bain à l'effigie de Madonna.

— Il est où Dimitri ? demanda Jeanne avec une agressivité qui signifiait qu'ils l'avaient mal surveillé.

Samuel leur dit que sûrement elles avaient été bien trop longues à se préparer et il en avait eu assez.

— A moins, dit-il, à moins… voyons voir… quelle heure est-il ? Serait-ce l'heure du goûter ? Peut-être est-il allé chez la mère Thibault boire son petit bol de chicorée… ?

Et il rit brièvement en se grattant la poitrine. Jeanne lui lança un regard dont le dédain signifiait que lui, le nouveau venu, le dernier amant de Lola, n'avait pas son mot à dire. N'avait aucune autorité dans le groupe, et encore moins sur elle. Elle s'éloigna. Rose la suivit en se mâchouillant les cheveux, ses pas s'enfonçaient dans le sable, on aurait dit que son corps avait du mal à la suivre et ne demandait qu'à s'écrouler dans la seconde.

— Et voilà ! dit Delphine à Samuel. Maintenant je peux être sûre que ma fille va mettre un point d'honneur à s'exhiber tout le temps et partout avec ce… comment il s'appelle déjà ? Dimitri ?

Lola et Marie savaient qu'elle disait juste : Samuel en se moquant de Dimitri venait de mettre Jeanne dans les pattes du garçon. Sa figure anguleuse, son air d'aristocrate timide allaient faire leur entrée dans leur petit cercle, c'était dommage. Alors il y eut entre eux un long silence. Les cris des enfants qui se baignaient étaient plus aigus et rancuniers que ceux des mouettes. Marie se dit que les instants ne sont jamais ce qu'on les avait espérés. Si elle avait su, elle serait allée voir Nicolas monter à cheval, il en était si fier. Delphine regardait sa fille et son amie se baigner. Jeanne nageait loin, à son habitude, à 16 ans c'était une nageuse expérimentée et c'était ici, au club Mickey de Coutainville, qu'elle avait pris ses premières leçons de natation, dans la piscine de plastique bleue chauffée au soleil qui sentait le chlore et le pneumatique chaud. Et après sa leçon, Jeanne se blottissait contre sa mère descendue sur la plage et qui lui frictionnait le dos tandis que le maître nageur déjà, donnait un autre cours. C'était un temps révolu dont Delphine se souvenait comme s'il ne lui avait jamais appartenu. L'amour qu'elle ressentait alors pour ses enfants était un sentiment de possession jalouse et de fierté irrationnelle. Un sentiment fort et commun à tant de femmes. Cela la rassurait alors, cela la tenait.

Des vacanciers passaient, sur la plage et sur la digue, des petits groupes, des couples. Lola entendait les bribes de phrases lancées un peu fort, et puis le silence, les rires, cela était furtif et éclaté mais finissait par ressembler étrangement à un seul et même discours, mais écouté avec inattention, entrecoupé de nos propres pensées et de notre distraction. Très vite elle ne voulut plus écouter la plage comme une partition éclatée. Elle voulut en faire partie.

— Tu gardes nos affaires pendant qu'on va se baigner ? demanda-t-elle à Samuel, pour l'exclure de la baignade avec ses amies.

Sans attendre sa réponse et au moment où elles se levaient, soulagées de reconstituer leur trio, elles aperçurent Dimitri : il marchait au bord de l'eau, quelques pas à peine, avant de repartir dans l'autre sens. Il regardait ses pieds, et son ombre tantôt le suivait tantôt le devançait, comme un ami avec qui il aurait discuté et qui changeait de place au fil de la conversation. Et ainsi tête baissée et les bras le long du corps, on aurait dit un homme mûr et qui réfléchit longuement, pose les bases d'une théorie. Samuel courut le rejoindre.

Alors elles partirent prendre un verre à la terrasse du *Neptune*, espérant ne croiser ni un enfant, ni un mari ou un amant, mais demeurer ces trois filles en vacances qui boivent des Martini blancs, le visage tendu vers le soleil, déliées de leurs rôles au sein de la famille, un instant volé à l'organisation d'un week-end en groupe. Derrière elles la petite ville grouillait, les familles faisaient les courses, les touristes achetaient des souvenirs inutiles et des cartes postales gondolées qui vantaient le trou normand, les commerçants avaient embauché du personnel supplémentaire et devant la boucherie et la boulangerie on faisait la queue sans se plaindre, dans les odeurs de poulet rôti et de brioche au beurre.

— Les gens font les courses très tôt, non ? Il est à peine 16 heures, dit Marie.

— Ils ont peur que les boutiques soient fermées le week-end du 14 juillet, mais elles ne ferment jamais et tous les ans c'est pareil, la foule chez les commerçants 24 heures sur 24, dit Delphine. Quand on a acheté avec Denis il y a seize ans, vous vous rappelez ? Il y avait si peu de monde, et chacun se connaissait.

— C'est vrai, dit Lola, je me souviens qu'on évitait la plage le dimanche parce que c'était le jour où les gens du coin affluaient, heureusement ils repartaient le soir même et alors on était tranquilles pour la semaine.

— Je vous trouve sacrément élitistes, dit Marie.

— Arrête ! dit Lola, ne me dis pas que toi non plus tu ne regrettes pas le temps où Coutainville était un petit village dans lequel chacun se connaissait. Ne me dis pas que tu es ravie de tous ces gens qui débarquent avec leur camping-car !

— En tout cas moi, pauvre intermittente mariée à un prof d'histoire-géo, si Delphine ne possédait pas une maison à Coutainville, je dormirais sans doute sous la tente au camping d'Agon.

— J'ai intérêt à rester mariée alors, dit Delphine.

— S'il te plaît... Oui... Fais un effort...

La mer était piquée de minuscules baigneurs, des têtes qui émergeaient de l'eau, comme des flotteurs dans la luminosité crue. Il semblait impossible à Marie et Lola que Delphine quitte un jour Denis, car elle était attachée à la famille, et à l'argent aussi. Elles pensaient qu'elle n'avait rien de ces femmes qui se réveillent un matin avec le goût d'une nouvelle vie à conquérir et d'un combat à mener. Elle avait la paresse de celles qui s'estiment peu. Elles savaient, sans en parler jamais, que Delphine trouvait dans les bras des hommes un dérivatif à une vie qui perdait sa saveur.

Lola dit qu'elle avait envie de s'acheter un nouveau maillot, elle avait besoin de leur avis : la mode cet été était aux grosses fleurs, style tapisserie de salle à manger des années 70, est-ce que ça n'était pas un peu ridicule ? Ressembler au salon cosy de sa mère ? Elles décidèrent de regarder dans *Elle* les maillots de l'été, avant d'aller à la boutique, les mannequins à peine majeures, renversées sur le sable, avaient des regards de tueuses. Le téléphone de Marie sonna, Denis et Nicolas étaient rentrés du manège, Nicolas regrettait qu'elle ne soit pas venue le voir monter, est-ce qu'elle viendrait le voir demain, car ils y retourneraient, la jument de Denis avait besoin de travailler encore ? Nicolas téléphonait à Marie plusieurs fois par jour, pour les choses les plus futiles comme pour ses crises d'angoisse, bien que celles-ci se soient fortement dissipées depuis quelques mois. Il avait fait une dépression nerveuse trois ans auparavant, ne sortant plus de l'appartement, lisant les journaux et triant des papiers des journées entières, comme si son temps n'avait plus rien de précieux mais était devenu une chose fade et creuse, et lire les journaux et trier des papiers était bien suffisant pour un homme devenu inutile et sans joie. La nuit, il s'assommait de pilules aigres qui lui dévoraient le foie et diluaient à peine les cauchemars.

Renonçant à l'achat du maillot, elles rejoignirent la maison par le bord de mer. Marie se sentait mal à l'aise dans son paréo, boudinée, comme un paquet trop large. Elle enviait Delphine : les hommes se retournaient encore sur son passage, et là sur la digue, leurs regards ne lui échappaient pas, ils disaient qu'elle était une femme qu'on avait envie d'aborder, une femme à qui on ne demanderait pas plus que ce qu'elle pouvait donner, et qu'on se contenterait de peu. Elles marchaient toutes les trois dans le soleil âpre de 16 heures, le point culminant de la chaleur ce 13 juillet à Coutainville, et pour chacune ce soleil commun était un cadeau personnel, il imposait sa présence comme une musique forte. Elles croisèrent des copains, des voisins, les enfants des amis qui grandissent toujours si brusquement, les couples qui se forment et ceux qui se dénouent, les nouveaux prénoms qu'il faut retenir, la gêne furtive à se montrer en compagnie d'un homme nouveau ou d'une femme nouvelle, les présentations rapides, et puis les commentaires, à voix basse après, entre soi. Les jugements hâtifs et la mauvaise foi qui fait rire. Mais au fond, rien n'avait d'importance. Il fallait juste être là. Vivre ces trois jours comme une parenthèse fragile, et oublier que le quatrième jour, chacun serait rendu à la réalité des choses.

Loin des bruits assourdissants de la plage, le jardin avait le calme des lieux cachés. On y était enclin à la rêverie et à la paresse, à l'oubli léger. On retrouvait son livre posé sous le grand pin, on buvait le thé pendant des heures, parlant avec qui se présentait alors, un ami, un enfant en mal de confidences, qu'on écoutait en arrachant distraitement des brins d'herbe fine à la pelouse. Parfois on répondait au téléphone, d'une voix basse et secrète, avec des petits rires flattés, brefs comme des soupirs.

Denis et Nicolas n'en finissaient pas de commenter leurs deux heures passées à cheval, comme ils le faisaient plus de trente ans auparavant pour leurs tournois de basket, et ces discussions interminables n'étaient passionnantes que pour eux seuls. Ils le savaient et aussi ce temps de commentaires était-il privé. Ils avaient des fiertés un peu outrées et des défis pleins d'orgueil et de joie. Ils buvaient leurs bières assis à demi sur le muret de pierre où l'on posait habituellement les plats et les bougies, où petits les enfants avaient joué à la marchande, fait des circuits pour les voitures, et souvent le passage d'un lézard les passionnait plus que leurs jeux, et le soir quand le soleil était bas mais que le muret gardait encore sa chaleur, il n'était pas rare qu'un chat s'y asseye et demeure ainsi dans la pénombre du jardin, immobile et sévère.

Alex et son copain Enzo avaient capturé des puces des sables qu'ils regardaient se débattre dans une petite boîte en plastique, Marie les avait rejoints.

— Je te présente Plic et Ploc ! lui dit Alex. Y a le camp des Plic et le camp des Ploc. Deux noms pour deux tribus.

— Avec leur chef ! ajouta Enzo.

— Ouais, avec leur chef évidemment, dit Alex en secouant la boîte avec sévérité.

— Vous n'avez pas peur que les deux tribus meurent asphyxiées ?

Alex eut un petit rire de dédain, il secouait la boîte comme s'il préparait un cocktail, et déjà quelques puces assommées collaient aux parois. Puis il se mit à réciter :

— Je m'en allais les poings dans mes poches crevées je m'en allais les poings dans mes poches crevées mes poches crevées mes poches crevées crevées crevées crevées…

Il tapait la boîte contre le sol, à l'intérieur c'était une bouillie de puces poisseuses et mortes, un peu éclatées. Marie saisit sa main :

— Idiot ! lança-t-elle en le regrettant aussitôt.

— Je sais, dit-il.

Puis il partit en courant dans la maison, son copain Enzo sur les talons. La boîte était maculée de puces écrasées, certaines dans un réflexe nerveux agitaient encore faiblement leurs pattes fines comme de courts cheveux.

— Qu'est-ce que c'est que ça ? demanda Lola qui arrivait en mordant dans un esquimau, c'est dégueulasse ce truc !

— C'est les mômes, de vrais tortionnaires.

— Jette-le.

— Jette-le toi, moi ça me dégoûte, je ne veux pas y toucher.

— Moi aussi ça me dégoûte.

— Arrête, Lola, tu as couvert le Moyen-Orient pendant dix ans… !

— Je ne vois pas le rapport ! C'est Alex qui a fait ça, il est con ce môme quand même. Tu sais ce qu'on dirait ? Des dizaines d'avortements.

Marie osa regarder plus attentivement et dut admettre que c'était vrai, les puces recourbées et minuscules ressemblaient à des embryons. Elles s'éloignèrent de la boîte qui resta là, à même le sol.

— Il m'appelle, je rentre, résultat : pas un mot, rien ! Tout ce qu'il voulait c'était que je sois là. Regarde-les !

Marie désignait à Lola, Denis et Nicolas toujours assis sur le muret et qui ouvraient une deuxième bière, on aurait dit que leur récit prenait de l'ampleur, qu'ils avaient passé bien plus que deux heures à cheval.

— N'empêche, dit Lola, je n'ai pas acheté mon maillot, on est rentrées comme des bécasses dès qu'il t'a téléphoné.

— De toute façon, c'est moche non ces grosses fleurs, tu as un dahlia sur la fesse droite, une demi-tulipe sur le sein gauche, franchement, ça te plaît ?

— Pourquoi tu accours dès que Nicolas te le demande ?

— Je crois qu'il voulait que je le voie comme ça… heureux… Il voulait que je sois là, c'est tout.

— Avoue que depuis sa dépression nerveuse il a tendance à te considérer comme sa maman.

— Sa maman ? Alors on vit une relation sacrément incestueuse ! Pourquoi tu grimaces ? Tu me trouves grosse et vieille, c'est ça ?

— Oh non Marie, pas ça, pas le couplet de la femme complexée, c'est chiant je t'assure. Je trouve juste un peu suspect de continuer à se lécher la pomme vingt-cinq ans après mais en même temps je m'en fous, c'est votre affaire.

Marie regarda le soleil se refléter sur la petite boîte aux puces des sables, c'était sûrement mieux pour elles d'être mortes assommées que de mourir asphyxiées à petit feu dans le plastique chauffé au soleil.

— J'ai plus de fric, dit-elle soudain, plus d'ASSEDIC, rien depuis quatre mois, ça ne m'était jamais arrivé de ma vie. J'ai vidé mon Codevi, mon plan d'épargne, tout.

— Prends-le à la légère, ça passera de toute façon.

— Ça passera ? Et si ça ne passe pas ?

— Ça te ferait du bien d'acheter un maillot coloré, on pourrait même aller jouer au casino tiens, traiter le fric comme une chose tout à fait vulgaire.

— Franchement Lola, jouer au casino l'après-midi c'est sinistre, toutes ces vieilles veuves avec leurs gobelets pleins de jetons qui se pissent dessus dès que ça tombe…

— Tu as raison, mais j'ai une envie folle de dépenser de l'argent, je suis en colère, pourquoi Samuel nous a-t-il lâchées pour rejoindre ce Dimitri ? Du coup on ne s'est même pas baignées toutes les trois.

— Tu étais en colère avant. Tu es en colère depuis que je te connais.

— Il est sexy Denis, hein… Il vieillit bien…

— Tu aimes les plus de 30 ans maintenant ?

Lola sourit et lorsqu'elles regardèrent Denis, si droit, mince encore dans son pantalon d'équitation, ses longues mains aux ongles impeccables, son ironie et sa détermination d'homme riche, elles eurent la même pensée : il était impossible qu'il fût fidèle à une épouse qui menait elle-même une vie parallèle. Mais personne ne connaissait de liaison à Denis. Et chacun s'en étonnait, le regrettait presque, c'était inexplicable et de fait, un peu décevant.

— Qu'est-ce que vous regardez avec autant de plaisir ?

Delphine les avait rejointes. Elle posa devant elles un plein panier de haricots verts :

— Le voisin m'a tenu la jambe une demi-heure et offert une tonne de haricots.

— Est-ce que Denis va sortir le bateau ? demanda Lola.

— Non, le mât s'est abîmé lors de la dernière tempête, il est en réparation.

— Dommage, Samuel sera déçu… Il a été prof de voile.

— Ah…

— Finalement, dit Marie, on ne l'a jamais fait ce séjour ici toutes les trois, on en parle et on ne le fait pas.

— C'est vrai, on se voit toujours groupées, c'est con.

Elles pensèrent au bien-être qu'il y aurait à être seules dans la maison. Elles imaginaient des journées au temps improvisé, aux discussions inutiles, aux aveux brusques et sans pudeur. Elles y pensaient et savaient qu'elles ne le feraient jamais, elles n'arrêteraient jamais la même date au même moment sur leurs trois agendas, et cela restait leur projet éternellement repoussé. Un désir sans fin, mis de côté.

Nicolas et Denis s'étaient tournés vers la mer, et chacun ressentait la puissance des femmes sitôt qu'elles étaient entre elles, leur complicité avait quelque chose d'implacable. Le soleil donnait à la plage une couleur blanche, écrasante et sans relief. Il tenait le paysage.

— J'aime bien savoir qu'à Paris aux heures de marée haute, on est plus haut qu'aux heures de marée basse, pas toi ? demanda Denis. Comme si on s'éloignait jamais d'ici, finalement… Comme si on était tout près.

— Oui, c'est rassurant de savoir que la terre respire.

Ils entendirent les filles rire un peu, chuchoter puis rire encore. Trop fort.

— Dis donc : Samuel, j'ai l'impression qu'il va tenir la route, je sais pas pourquoi… je sens qu'il va durer, dit Nicolas. Il a l'air très…

— Amoureux ?

— Motivé.

— Moi, je te parie un déjeuner chez Ledoyen qu'il est viré avant que le feu d'artifice ait commencé.

— Mais t'es con ou quoi, je pourrais jamais payer un repas chez Ledoyen !

— Tu risques rien, ce type-là elle l'a choisi pour une seule raison : il accepte tout et il demande rien. C'est un naïf, calme et docile.

— Il y met du sien, je t'assure, et de toute façon il est mieux que le zigoto de l'année dernière, le protestant, tu te rappelles ?

— Tu devrais pas critiquer le protestant, il était arrivé avec des caisses de champagne et c'était un bon matelot. En tout cas, je te parie que Samuel passe pas l'été. Je vais prendre ma douche.

Delphine vit Denis rentrer si vite dans la maison, passer derrière elle sans même la frôler, elle sut que cette distance lui était destinée, car c'était elle qu'il évitait, c'était parce qu'elle était assise là qu'il ne rejoignait pas Lola et Marie, comme Nicolas venait de le faire.

— Pour le premier galop c'est vrai, je m'agrippais un peu au pommeau de la selle, disait-il.

— Et même à la crinière, osa Marie.

— Je n'étais pas monté à cheval depuis un an !

Marie lança contre lui son épaule, il vacilla un peu et ils rirent ensemble. Le rire de Nicolas était un rire franc, toujours un peu étonné, le rire d'un homme bon. Lola se dit qu'il devait être attentif dans l'amour, et tendre sûrement. Delphine coupait les haricots en morceaux de plus en plus petits, elle se souvenait de la première fois où avec Denis ils avaient visité la maison, et comme elle avait su d'emblée qu'elle pourrait en faire un endroit accueillant dans lequel on aimerait venir, non pour le confort mais par une attirance poétique et inexplicable.

— Demain : saut d'obstacles ! annonça Nicolas. Mais attention, Denis me passe sa jument, pas question que je saute avec les canassons du club qui ont la bouche abîmée, la hantise de la barrière et autant d'impulsion que des chevaux de bois.

— OK, mais si tu as un cheval de pro je te préviens, dit Marie, on applique le règlement de pro : au bout de trois refus tu es disqualifié.

Nicolas acquiesça d'un signe de tête et son regard se posa sur Delphine. Il aurait voulu lui demander ce qui la rendait si triste, il l'aurait fait sûrement s'ils avaient été seuls tous les deux. Il lui sourit mais elle ne le regardait pas et son sourire demeura suspendu, et de ce fait, un peu idiot.

— Mesdames, dit-il un peu trop fort, préparez-vous à être impressionnées tomorrow !

Elles rirent et le traitèrent de vantard. Marie lui conseilla tout de même de ne pas en faire trop, il se plaignait souvent de douleurs à la hanche, alors Lola la traita de rabat-joie castratrice, et ils savouraient tous trois la joie qu'il y avait à pouvoir se traiter ainsi, avec une cruauté enfantine et un peu convenue. Delphine ouvrit en deux les bouts de haricots, c'était doux, délicat comme l'intérieur d'une joue, elle avait vivement remercié le voisin pour les lui avoir offerts avec tant de spontanéité, il était rare qu'on lui offre de la nourriture, elle n'avait besoin de rien, elle était si riche. Elle se leva et laissa tomber les haricots sur l'herbe, puis partit rejoindre Denis dans la maison.

Elle fut surprise de le trouver au salon, encore en tenue d'équitation, penché sur le mécanisme d'une montre, la loupe vissée à l'œil. Courbé ainsi sur le petit guéridon dans l'encoignure vitrée qui ouvrait sur la mer au loin, il n'avait plus rien d'imposant, il aurait pu avoir trente ans de plus.

— Tu n'as pas pris ta douche ? demanda-t-elle.

Il ne releva pas la tête, ne parut pas surpris de l'entendre, sans doute avait-il reconnu son pas, ou senti son parfum, Delphine se demanda s'il le sentait encore, s'il savait qu'elle n'en avait jamais changé.

— Non, je n'ai pas pris ma douche, murmura-t-il en maniant du bout des doigts une petite pince.

Delphine s'assit en face de lui, ce qui le gêna, elle le vit au léger tremblement de ses mains.

— Qu'est-ce que tu veux ? demanda-t-il avec un agacement distant.

Elle regarda le ciel presque blanc, le vol un peu lent des mouettes qui n'avaient plus faim, le double vitrage empêchait de les entendre, aussi on aurait dit qu'elles partaient, que c'était un vol d'adieu un peu indolent. Denis avait ôté la loupe et relevé la tête :

— Hein ? Qu'est-ce que tu veux ?

— Je ne sais pas.

Elle ne pensait pas le surprendre autant. Elle ne

venait jamais à lui sans une volonté concrète, un besoin de réponse rapide.

— Tu ne sais pas ? Comment ça tu ne sais pas ?

Elle osa le regarder en silence comme elle ne l'avait plus osé depuis longtemps, mais ne savait pour autant comment lui parler. Il se leva.

— Je vais me doucher, dit-il.

— Attends… J'ai besoin de te parler…

— Là, maintenant ? Avec tout le monde autour ?

Il aurait voulu être plus doux mais sa voix était pleine de colère, il lui en voulait de toujours si mal choisir ses moments, de ne jamais rien affronter de face et de le piéger par cette relation hâtive, ils formaient un couple entre deux portes, avec des phrases qui ne se terminaient jamais et des questions qui demeuraient en suspens.

— Je pensais que tu serais à l'étage, que tu aurais pris ta douche.

— Qu'est-ce que ça change ? C'est un week-end entre amis, non ? On a fait quatre heures de route sans se parler et maintenant…

— Je sais.

Il prit la montre et la posa dans sa paume, elle semblait précieuse et son mécanisme réservé aux minutieux et aux collectionneurs, elle brillait dans l'éclat du soleil.

— Ça ne peut pas attendre ? fit-il avec lassitude.

— Je ne crois pas.

Et elle sentit, dans la difficulté qu'elle avait à lui parler, dans la façon dont subitement elle eut froid et se trouvait perdue face à lui, qu'elle avait échoué : sa maison n'avait rien de poétique, et Denis était aussi fort que ses murs, massif et indestructible, et elle sut qu'il avait raison : ce qu'elle avait à lui dire était déplacé ici, et maintenant. Alors pour ne pas perdre la face elle lui demanda simplement de l'argent.

— Hey ! Mais qui voilà ? demanda Marie en poussant Lola du coude.

Samuel venait d'entrer dans le jardin, les cheveux encore mouillés de son bain, Dimitri à ses côtés.

— Il est à l'aise ton mec, hein ? Il ramène qui il veut chez Delphine...

— C'est de la provoc, il faut feindre l'indifférence.

Les deux garçons étaient maintenant à leur hauteur, Samuel se laissa tomber sur une chaise longue, renversa ses bras en arrière, soulagé comme s'il avait été chez lui et reprenait ses habitudes. Dimitri regardait les deux filles avec le regard hésitant de celui qui sent qu'il n'est pas le bienvenu. Il semblait sur le point de prendre une décision, sans s'y résoudre pourtant et son corps se balançait doucement d'avant en arrière.

— Je ne vais pas vous déranger longtemps, mais je voudrais m'excuser auprès de Jeanne, elle m'avait demandé de l'attendre sur la plage et je ne l'ai pas fait...

— Oh elle ne l'a même pas remarqué, dit Lola.

— Mais je tenais à m'excuser quand même...

Ses yeux fendus avaient quelque chose de farceur, un amusement trahi par le sérieux avec lequel il tenait à être poli et présenter ses excuses.

— Jeanne n'est pas là mais on fera la commission, vous pouvez compter sur nous, dit Marie.

— Je ne me baigne jamais..., confia-t-il tout bas.

Et on aurait dit qu'il révélait un mystère dont elle cherchait la résolution depuis des semaines.

— Ah ! fit Marie sur le même ton, sans comprendre pourquoi elle faisait mine de saisir l'enjeu.

Alors, encouragé par cette compassion il osa enchaîner, avec une expression de souffrance contenue :

— Je ne sais pas nager...

— Samuel va vous apprendre, c'est un excellent professeur ! annonça Lola.

Samuel se redressa, avec la mine scandalisée du dormeur à qui l'on a lancé un seau d'eau froide. Lola enfonça le clou :

— Je vous promets Dimitri qu'avant que le week-end soit terminé vous vous baignerez avec Jeanne et qu'elle s'essoufflera à vous suivre.

Il rit un peu, un petit rire qui lui sortait par le nez et les filles le trouvèrent touchant tout d'un coup, alors elles l'invitèrent à s'asseoir et lui proposèrent un verre de Coca qu'il n'osa accepter mais que Lola somma Samuel d'aller chercher. Samuel ne revint pas et elles restèrent avec le jeune garçon qui leur souriait à demi avec de petits haussements d'épaules, comme s'il se fût excusé que l'attente soit si longue. Il baissa un peu le visage, et son profil était parfait, le front haut, le nez droit, il portait la promesse d'une beauté farouche, et fermée.

— Jeanne n'a que 16 ans, elle vous l'a dit ? demanda Marie.

— Oh vous savez madame, je n'ai pas... pas du tout la tête à ça, je... Je ne suis pas ici pour ça, j'ai juste besoin de trois jours de repos. Oh, oui vraiment…

Marie ajusta son paréo, elle détestait qu'on l'appelle « madame », mais si elle obtenait le rôle, ne l'appellerait-on pas bientôt « mamie » ? Les yeux du jeune garçon brillaient, humides comme les perles noires des mers du Sud, il était temps qu'il s'en aille. Mais il ne s'en allait pas et il se mit à regarder le jardin avec un intérêt furtif, puis le plus simplement du monde, avec sa voix basse un peu enrouée, il annonça que le grand pin allait mourir. Marie et Lola se tournèrent vivement vers l'arbre, comme s'il allait s'écrouler dans la seconde, mais il était droit comme un domestique vigilant.

— Il a la maladie des aiguilles du pin, dit le garçon d'un ton neutre.

Il alla ramasser des aiguilles au pied de l'arbre puis s'accroupit auprès d'elles, il sentait le pain chaud et la sueur :

— Regardez, dit-il avec précaution, les champignons se sont attaqués aux aiguilles en croissance, vous voyez ces petites taches brunes ? On appelle ça des taches chlorotiques. Il a beaucoup plu cet hiver et la maladie s'est propagée, il faut ramasser et détruire toutes les aiguilles tombées, mais il faut faire vite, regardez, regardez l'arbre : la maladie atteint les branches les plus basses et puis elle monte, elle envahit l'arbre, elle grimpe jusqu'à son sommet ! Et c'est fini.

Il jeta les aiguilles par-dessus son épaule puis se frotta les mains en soupirant profondément. C'étaient de longues mains blanches, nerveuses, faites pour le piano. Ou la terre, peut-être. Quelque chose où se réfugier. Les deux filles hésitaient à le croire tant la nouvelle était brutale, et elles ne pouvaient envisager l'annoncer à Delphine.

— Vous êtes dans l'horticulture ? demanda Lola.

— Pas du tout, pourquoi ?

— Vous semblez connaître la partie...

— Oh ! Tous les arbres de la côte ont cette maladie, ils vont tous disparaître, ce n'est pas le premier que je vois. Je peux vous aider, si vous voulez, il faut traiter avec du chlorothalonil, c'est un fongicide très puissant.

— Delphine a un excellent jardinier.

Il eut une petite moue écœurée :

— Pas si excellent que ça...

Delphine sortait de la maison, Alex et Enzo à ses côtés, en tenue de golf.

— Je m'en vais. Merci d'expliquer à Jeanne...

Et il fila rapidement, comme un figurant qui a raté sa sortie de scène et marche plus vite que son rôle. Son long corps blanc dans la lumière semblait transparent, presque fantomatique.

— Qu'est-ce qu'il faisait ici, celui-là ? demanda Delphine.

— Oh rien, dit Marie, il voulait s'excuser de ne pas avoir attendu Jeanne sur la plage, mais il n'en a pas après ta fille, rassure-toi, et il est gentil...

— Après qui, alors ?

— Pardon ?

— S'il n'en a pas après Jeanne, il en a après qui ?

Instinctivement Lola regarda le grand pin. Marie voulait féliciter Alex et Enzo pour leur tenue de golf mais elle ne parvint qu'à bredouiller que Dimitri ne savait pas nager, ce qui fit rire les deux gamins. En partant Alex shoota dans la boîte aux puces des sables qui perdit son couvercle, et elles restèrent ainsi, déchirées et exposées sous le soleil cru.

Marie partit marcher sur la plage. Lors de ces week-ends entre amis, à force d'être une personne conciliante et gentille, toujours surgissait en elle à un moment ou un autre l'envie de s'éclipser. Ne plus parler. Ne plus écouter. Ne plus comprendre. Elle était restée un moment dans le jardin, regardant le jeu du soleil dans le grand pin, les découpes du ciel dans les trouées du feuillage, elle pouvait y lire des formes improvisées comme dans le passage d'un nuage, c'était idiot et amusant, mais lorsqu'une épine s'était détachée de l'arbre, puis une autre, et encore une autre, elle était sortie de la propriété. Et solitaire maintenant, marchant tout au bord de l'eau, les chevilles nouées par des algues douces, entourée de vacanciers qui s'interpellaient tous avec les mêmes mots, elle revit la joie de Nicolas à être l'ami de Denis, et se demanda s'il en était de même pour lui, si cette amitié le rendait fier ou s'il avait juste besoin de l'admiration de Nicolas. Trois ans plus tôt lorsque Nicolas avait fait sa dépression nerveuse, il ne l'avait jamais lâché, il était venu le voir souvent, parfois quelques minutes entre deux avions, parfois des heures entières qu'il prenait sur son temps de loisir, ou peut-être fuyait-il Delphine.

Elle arriva au bout de la plage, laissant le centre de

Coutainville loin derrière. Il y avait moins de monde ici, la plage ressemblait à la fin d'un été, on se sentait privilégié un peu à part, et la mer plus précieuse et moins dévoyée. Elle se moquait d'être un peu grosse, car ici personne ne la voyait. Elle avançait lentement dans l'eau froide, heureuse de cette immersion qui lui battait le sang, puis elle plongea tout à fait, et lentement cela vint, l'eau lui parut presque chaude. Alors elle profita d'être là car elle réalisait le rêve commun, elle se baignait au soleil. Elle nagea loin, puis se retourna pour regarder la côte. Elle appartenait à cette terre-là. Vu d'ici c'était si peu. Elle était née dans cette fourmilière dont l'agitation ne cessait jamais, le jour se levait quelque part dès que la nuit arrivait ailleurs et c'était comme des départs de feu, cela s'embrasait continuellement et rien ne pouvait empêcher le mouvement, sept milliards d'êtres humains vieillissaient en même temps. Elle ferma les yeux, allongée sur le dos, tenue par l'eau salée et lourde, elle était une partie, une toute petite partie du monde. Elle n'aurait su dire si c'était dérisoire, ou énorme, et s'il y avait une responsabilité à cela. Elle pensa aussi que dans ce monde, chaque chose était nommée. L'intérieur d'une noix. Les parties du corps les plus microscopiques. Les sentiments les plus complexes. Les matières. Les fonds marins, les volcans, tout avait un nom. Elle, pourtant, aurait été incapable de dire *précisément*, *justement*, ce qui l'habitait. Puis elle attendit que cela vienne comme à chaque fois, et cela vint : le besoin soudain de ne plus être seule au milieu de l'eau, le besoin de rejoindre les autres, nager vers le rivage avec la petite peur que la mer nous retienne, comme si cela ne devait jamais finir, comme s'il était possible de nager sans cesse sans jamais arriver nulle part. Quand elle rejoignit le bord elle le vit, il n'était pas très loin et elle le reconnut. Elle hésita un instant tant cela paraissait impossible mais elle le reconnut pourtant. Elle eut même la sensation un instant qu'il l'avait vue et que cela avait décuplé son élan : il nageait le crawl avec une assurance de sportif, on aurait dit qu'il se battait avec l'eau, il semblait débordant de colère, à l'opposé du jeune homme timide dont elle avait fait la connaissance quelques heures plus tôt. Elle ramassa sa serviette et s'éloigna, laissant Dimitri nager seul.

La table avait été dressée dans le jardin, le soir s'installait lentement, par petites touches tièdes comme de légers soupirs, l'agitation était terminée. Tout paraissait plus simple et sans but.

Dans la cuisine Delphine et Marie sortaient les madeleines du four, l'odeur en était douce, Lola aurait aimé qu'elle lui rappelle quelque chose, mais elle fit seulement remarquer qu'il était assez étrange de cuisiner des madeleines en Normandie.

— Pas plus étrange que de tricoter un pull alors que les magasins en sont pleins, ou d'avoir une piscine au bord de la mer. Sers-nous un verre de vin et décortique les crevettes.

— J'ai vu Dimitri se baigner, dit Marie. Je l'ai vu se baigner alors qu'il nous a dit ne pas savoir nager.

— Il t'a vue ? Tu lui as parlé ?

— Il nageait le crawl et moi j'étais déjà sortie de l'eau. Eh non ! Non, non ne me demandez pas si c'était bien lui, car c'était bien lui !

— Mais je suis sûre que c'était bien lui, dit Delphine, c'est un menteur je le sais.

Elle avait l'assurance de celle qui reconnaît un membre de son espèce, un ancien alcoolique, un accro du sexe ou un joueur compulsif. Un seul détail, un tic, et on se reconnaît.

— Je pense qu'il veut approcher Jeanne, dit-elle.

— Alors pourquoi il ne l'a pas attendue sur la plage ?

— Notre présence le gênait.

— Mais si notre présence le gênait pourquoi est-il venu ici, dans le jardin ? demanda Lola.

— Dis à Samuel de venir s'expliquer, je veux savoir pourquoi il a ramené ce type chez moi.

Lola partit chercher Samuel, elle était presque heureuse d'avoir quelque chose à lui reprocher, et elle sentit à quel point son agacement contre lui était grand et sans raison. Marie regardait Delphine nettoyer la paillasse avec la lenteur de celle qui pense à autre chose et répète un geste inutile pour s'abstraire plus entièrement. Où étaient sa spontanéité et sa fantaisie, sa capacité à dire autre chose que des choses sérieuses et posées ?

— C'est important pour Nicolas d'être ici, il va bien, dit Marie. Hein, tu ne trouves pas qu'il va bien ?

— Je ne sais pas, je n'ai pas fait attention. L'important c'est que toi, tu ailles bien. On n'est pas toujours obligés de vivre en couple comme deux couleurs.

— Comme quoi ?

— Rien… On n'est pas obligés de se correspondre en permanence, c'est tout.

Elle sortit des truites du frigidaire et leur coupa la tête près de l'évier, avec une détermination mécanique, dix fois de suite elle trancha la tête d'un poisson, puis quand elle eut fini elle entama leur chair avec les ciseaux, comme elle aurait coupé un tissu, consciencieuse et impassible. Enfin, elle enfonça ses doigts dans la chair pour les vider.

— Elle l'a rencontré où, Samuel ? demanda Marie.

— Qui ? Lola ? Dans un bar.

— Wouah !

— Qu'est-ce qu'il y a de si écœurant ?

— Ça ne te fait rien tous ces intestins sanglants au bout des doigts ?

— Dit comme ça...

— Putain, je suis contente qu'on ne fasse pas de bateau cette année...

— Moi je regrette, j'adore te voir pêcher le maquereau avec cet air de sainte torturée qui ne renie pas sa foi !

— Mon Dieu quel calvaire ! Tu te souviens l'an dernier c'est moi qui en pêchais le plus, j'ai cru que j'étais maudite ! Dans un bar ? Elle va chercher les mecs dans les bars, maintenant ?

Delphine avait passé les truites sous l'eau et vint s'asseoir près de Marie pour sécher au Sopalin l'intérieur des ventres ouverts. Marie se recula légèrement.

— C'est l'odeur du journal... L'odeur du journal mouillé me dégoûte, dit-elle.

— Je comprends.

Delphine continua pourtant à sécher les poissons sur le journal, tout près de Marie.

— Tu m'en veux de quelque chose ?

— Non. Mais tu peux prendre sur toi, tout le monde prend sur soi, non ? A moins que tu préfères qu'on se fasse lyncher en leur annonçant qu'il n'y a que des madeleines à l'orange amère pour le dîner ? Et si tu crois qu'il est dangereux de draguer dans les bars c'est juste que tu viens d'une très très ancienne famille amish et que personne ne t'a prévenue que les bars ne sont ni des saloons dans lesquels on se fait trouer la peau, ni des bordels tenus par la mafia.

— Ne me parle pas avec cet air affligé, tu m'énerves, si tu savais comme tu m'énerves ! Qu'est-ce qui ne va pas ? Hein ? Mais dis-moi, merde !

Marie envoya la main d'un geste large, et renversa les dix poissons sans tête qui tombèrent sur le sol de la cuisine. On aurait dit des mutants, des victimes des algues vertes ou d'une irradiation massive de l'eau.

— C'est dégueulasse...

— Il va falloir les ramasser...

— Mais pas avec du journal, alors...

— Non, je te le promets. Excuse-moi pour tout à l'heure.

Elles les entendirent arriver en même temps, par la fenêtre ouverte, et effrayées, écœurées, elles sortirent sur-le-champ, restèrent derrière la porte comme deux qui camouflent une gaffe. Elles les entendaient, qui faisaient des bruits mouillés, parfois des cris furtifs, un choc sourd. Il aurait été simple de les chasser, pourtant elles laissèrent les deux chats déchiqueter les poissons et salir la cuisine. Saccager leurs efforts.

L'aventure des poissons éventrés et des chats éclipsa tout le reste. Il fallut se résoudre à les chasser, nettoyer, commander des pizzas et bien sûr cela prit de l'ampleur, on commentait l'événement en sachant déjà qu'il ferait partie de ces souvenirs que l'on raconterait souvent en riant. Le repas improvisé fut gai, frivole et sans conséquence. Chacun était heureux de retrouver ses marques, les habitudes des étés précédents, avec cette rassurance de savoir que le lendemain le temps serait beau, et qu'ainsi l'on n'aurait pas à se tenir tous dans la maison, mais que la plage, mais que la nature, le village et le jardin offriraient à tous un espace et une respiration personnels.

Puis ce fut la nuit. La plage nue. Le jardin humide. Le ciel profond comme le dôme d'une église. L'obligation pour chacun de se coucher. Et tenter de dormir.

Delphine se tenait devant la glace de la salle de bains. Le miroir embué lui montrait ce qu'elle était : une silhouette floue, une bourgeoise infidèle, banale. Plus elle avait envie de crier, plus elle se taisait. Elle avait envie de parler longtemps, mais ne savait par où commencer. Et pour finir, elle se décourageait d'elle-même. Dans son lit, Denis lisait l'autobiographie de Kirk Douglas, il était fasciné par le parcours de ce self-made man, voilà ce qu'il admirait : parti de rien, arrivé au sommet, et Delphine savait ce qu'il y avait de dédain dans cette admiration, car alors, pensait Denis, qu'avaient-ils foutu tous les autres, partis de rien et arrivés nulle part ? De sacrés flemmards, des ratés ! Oui, c'est comme cela qu'il voit le monde, pensa-t-elle en se couchant dans le lit une place, c'est simple et rassurant, il suffit de vouloir. D'en vouloir. Plus que son père. Plus que son frère ou son voisin. Tomber et se relever vainqueur. Il tournait les pages de son livre un peu trop fort, comme s'il cherchait à signifier combien il était happé par sa lecture et de ce fait indifférent à la présence de sa femme, mais l'application qu'il mettait à s'éloigner d'elle prouvait au contraire qu'il y était sensible.

— Il y a un type qui tourne autour de Jeanne, dit Delphine.

Il la regarda par-dessus ses lunettes, le visage baissé, les yeux relevés, il ressemblait soudain à sa prof d'italien au collège, la vieille madame Piazza, et elle eut envie de rire.

— Quel type ? demanda-t-il avec cette petite fatigue avec laquelle il s'adressait le plus souvent à elle.

— On l'a rencontré sur la plage, il s'appelle Dimitri, il vient de nulle part, il ment comme il respire.

Il replongea dans son livre, en soupirant doucement :

— Ah ! Il ment comme il respire…

Et il ne ressemblait plus à la vieille madame Piazza, mais à cet homme de 55 ans que n'inquiétaient pas les frasques de sa fille, ni la mythomanie d'un gamin qui venait de nulle part. Et Delphine savait qu'elle n'aurait pas dû placer ses inquiétudes sur ce terrain-là, jamais elle n'aurait dû parler de mensonge, il lui semblait qu'elle avait 5 ans et qu'un énorme panneau était accroché à son cou, un « MENTEUSE » inscrit en gros, qui la définissait à jamais. Elle regarda au-dehors, elle ne voyait rien, à peine son reflet sur la vitre qui donnait sur le noir profond, et la lueur de sa lampe de chevet.

— Il a quel âge, ce type ?

— Hein ?

— Le type dont tu parles, il a quel âge ?

— Il dit qu'il a 20 ans. Il est venu jusqu'ici. Il est venu dans le jardin.

— La belle affaire ! dit Denis, et il ôta ses lunettes, ferma son livre et éteignit sa lampe dans un seul geste.

Elle resta longtemps à regarder le noir de la nuit et le reflet de son visage près de la lampe, elle était inscrite dans la nuit comme sur un voile miraculeux, elle planait dans le noir, elle flottait nulle part. Ce qu'elle aurait aimé, dans cette solitude qui en augurait une autre, c'est d'entendre la mer. Entendre la mer sans la voir et lui accorder le pouvoir de porter en elle le souffle de tous ceux qu'elle aimait sans le leur dire jamais.

Marie passait l'arnica sur la hanche de Nicolas. Ils savaient tous deux qu'il ne remonterait pas à cheval le lendemain, ils savaient que chaque jour à leur insu quelque chose en eux vieillissait et cela ne les étonnait pas. Ce qui les étonnait était leur peu de colère face à cette dérive. Ils se massaient mutuellement le dos, la nuque, prenaient du magnésium et des oméga-3 sans y croire vraiment, surpris d'être si consciencieux et de lire les recommandations des médecins dans les magazines, et s'ils riaient aux conseils de ces hygiénistes moralistes, ils les suivaient quand même.

— Lola a rencontré Samuel dans un bar, tu savais ça ? demanda Marie.

— Quel bar ?

— Je sais pas. Un bar ! Un bar pour draguer, sûrement !

— Tu te souviens où on s'est rencontrés, mon amour ?

— Ecoute, c'est pas pareil.

— On appelle ça un bar, non ?

— N'importe quoi !

— Evidemment, mesdames et messieurs ! Il s'agissait d'un bar, oui ! Mais de théâtre ! Viva il teatro ! Viva la diva !

— Mais parle moins fort tu es complètement fou, tout le monde dort !

— J'ai trop bu mon amour, je crois que j'ai trop bu…

— Tu as trop bu, tu as trop fumé et tu vas bientôt avoir une jambe mécanique !

— Oh c'est malin…

Et il se mit à rire doucement tout en se déshabillant. Elle le regardait, sachant ce qu'il allait faire, et il le fit, lorsqu'il fut torse nu il passa plusieurs fois les mains sur son ventre, se montra à elle et dit :

— Ils sont encore pas mal, hein, mes abdominaux ?

Elle hocha la tête en souriant et cela suffit à le contenter. Il la prit dans ses bras, il sentait terriblement le cigare et l'alcool, elle le repoussa doucement et pensa aux fesses de Denis, sans le vouloir, subitement, et comme cette pensée lui faisait un peu honte, elle la partagea avec Nicolas.

— Il se maintient bien Denis, hein ?

— Ouais…

— Tu trouves pas ?

— Non mais l'argent… ça aide…

— Ah bon ?

— Evidemment.

— Tu défends pas beaucoup ton copain, je trouve.

— Oh chérie tout ce que tu veux ! Il se maintient bien, il reçoit bien, il monte bien, il nage bien… Viens te coucher, je suis mort de fatigue.

Elle avait envie de lui demander tout ce que Denis savait de lui et qu'elle ignorait, mais rien que ce désir de la question lui emballait le cœur, comment arriverait-elle à la formuler si déjà elle en était émue ? Elle le rejoignit dans le lit, il se blottit contre elle, ses orteils étaient glacés, il mit sa tête dans son cou, ses joues pas rasées lui piquaient la nuque. Si elle jouait une grand-mère, la regarderait-il différemment ? Trouverait-il soudain qu'elle était grosse, lui demanderait-il de « faire un effort » ? Mais lequel ?

— Tu crois aux mensonges ? demanda-t-elle doucement.

— Hein ?

— Je veux dire… Est-ce que se taire est un mensonge ?

— Je sais pas…

Et il la tint plus fort contre lui pour lui exprimer son désir de dormir.

— Demain tu viendras te baigner avec moi ? J'aimerais bien qu'on se baigne tous les deux, juste tous les deux, dit-elle.

— Oui…

— Il faut que je l'aie ce rôle, tu sais… Si je l'ai pas… Oh si je l'ai pas ! J'arrête tout. Je trouverai de l'argent ailleurs. Autrement. Il faut que je trouve de l'argent.

— On a de l'aspirine ?

— Tu as mal ?

— C'est d'être allongé, ça appuie dessus, ça comprime…

— Ils ont du Doliprane dans la cuisine.

Elle se leva aussi vite qu'elle s'était toujours levée, pour lui ou pour Anaïs, pour les chats malades, les chiots malheureux, elle se leva, alluma la lampe, le sol était glacé, comme si tout ce qui se trouvait hors du lit était hostile.

— C'est pas grave le fric Marie, on s'est toujours débrouillés, tu es une grande comédienne, moi je le sais.

Voilà, pensa-t-il, elle ne pourra pas dire que je ne l'écoute pas, je suis là, hein, je l'encourage encore, même embrumé, fatigué, un brin pété, je suis là bon Dieu ! Et cette putain de hanche… Putain de vieillesse ! Il est trop tôt pour avoir une prothèse, personne n'a une prothèse à mon âge, il est bien trop tôt.

Marie sortit de la chambre. Si seulement il avait dit l'inverse, si enfin il l'avait délivrée de cette obligation qu'elle ressentait à continuer le métier pour ne pas le décevoir, pour rester celle qu'il avait connue, quelle illusion !

Assise derrière la table de la cuisine, Lola faisait une réussite. Marie en fut surprise, presque agacée, comme si Lola par cette étrangeté déplaçait l'ordre de la nuit et ce que chacun devait y faire à l'unisson : dormir jusqu'au jour et se lever de bonne humeur.

— Tu dors pas ? demanda-t-elle.

— Je dors pas, je me calme, enfin j'essaye.

— Tu gagnes ?

— Non, mais je triche tellement je vais finir par y arriver, mais je crois pas que leur jeu soit complet.

— Nicolas a mal à la jambe.

— Ah...

— Ça se fait toujours les prothèses de hanche, ils ont pas trouvé un système moins lourd ?

— Je ne me suis jamais penchée sur la question. Je sors qu'avec des jeunots, tu devrais le savoir. Putain, je suis sûre qu'il manque l'as de pique, ça m'énerve ça, les gens qui gardent des jeux incomplets !

— J'ai faim, je vais me faire un sandwich, c'est pas raisonnable, mais bon... Tu veux quelque chose ?

— A part l'as de pique non, je veux rien. Tu laisses ton mari souffrir ?

— Cinq minutes...

— Cinq minutes en vingt-cinq ans c'est vrai que c'est pas beaucoup, tu me sors une bière s'il te plaît ?

Lola repoussa les cartes.

— Pourquoi t'es énervée comme ça ? demanda Marie.

— Va savoir… L'air de la mer sûrement, hein ? Ça énerve toujours les petits enfants, c'est ce que ma mère disait.

Elles restèrent ainsi à boire et manger dans la lumière crue de la cuisine propre et si bien rangée, lessivée après l'attaque des chats, le frigidaire ronflait un peu, sur une étagère un réveil marquait l'heure en rouge, les placards et le frigo étaient pleins, on aurait dit que la cuisine se tenait prête et sûre de sa puissance. Lola ouvrit la fenêtre, l'air de la nuit était doux, un crapaud croassait par intermittence, comme s'il guettait une réponse qui ne venait pas. Sans se le dire elles pensèrent aux 14 juillet d'avant, l'année dernière et toutes les autres, et l'année prochaine sûrement elles penseraient à cette année, mais s'en souvenant si peu, ne retenant pas même cet instant-là, la nuit dans la cuisine.

— Samuel est persuadé que le fait d'être ici ce week-end est une sorte d'intronisation. C'est incroyable ! Je me suis tirée du lit quand j'ai senti qu'il était sur le point de me demander un enfant, je t'assure ce genre de plan je le sens venir à dix mètres, c'est fou ce que les jeunes sont devenus raisonnables et prévoyants !

— Ben il est amoureux, sûrement…

— T'es chiante avec tes banalités, tu sais.

— Je sais.

— L'amour à toutes les sauces c'est fatigant à la longue, avec toi on dirait toujours que l'amour est juste un énorme mot d'excuse. On peut tout faire si c'est « au nom de l'amour ! ». Non mais c'est nul.

Elles regardèrent la nuit, les étoiles dont elles ne connaissaient pas le nom, les insectes attirés par la lumière de la cuisine, comme une erreur de parcours.

— Je supporte plus la nuit, dit Marie. Parfois j'ai l'impression que toutes mes angoisses sont logées dans mes pieds, le jour ça va, je marche dessus je les piétine, mais la nuit, sitôt que je suis allongée, elles remontent tu vois, elles me labourent le ventre, le cœur, la tête, je peux plus respirer, j'étouffe.

— T'es dingo, non ?

— La nuit je vois des chiffres, tu comprends. Je compte, je compte et je vois les chiffres : 29 ! 30 ! et 31 ! qui déboulent en cavalant, et je sais que j'ai pas l'argent pour le loyer, pour le téléphone, le chauffage, l'internet, j'ai plus l'argent pour rien ! Alors je prends un chiffre à partir de 32, 32 c'est un chiffre neutre, un putain de bon chiffre qui existe dans aucun calendrier, sur aucune facture, et là, avec ce chiffre ami que je me fous en rouge lumineux, comme une énorme enseigne, je compte : 32, 33, 34, 35, jusqu'à cent et même plus et là, je suis dans une zone sans danger où plus rien peut m'arriver. Et je finis par m'endormir.

— Merde, alors... Mais Nicolas, il paye quoi ?

— On a un arrangement, il paye pour la maison en Bourgogne qu'on avait achetée à crédit du temps de ma splendeur, il paye les impôts, la mutuelle, la bouffe, la bagnole, les loisirs, il aide Anaïs aussi... On avait partagé... Mais j'ai plus rien, tu comprends, plus rien !

Et alors elles l'entendirent. Le rythme puissant de la mer qui revenait, qui remontait les kilomètres en charriant son monde, s'accordant à la lune et aux lois de la terre, imperturbable et ponctuelle.

Au matin elle était installée avec force, comme si elle n'était jamais partie, comme si son royaume était inchangé, et le soleil haut dans le ciel lui donnait une lumière d'argent que renforçait la pâleur du ciel. Il faisait froid et l'été semblait en retard sur le lever du jour, un petit matin d'automne en Normandie. Nicolas marchait seul le long de la plage, lentement, voulant acclimater sa jambe, la dérouiller un peu. Il avait laissé Marie dormir, il avait laissé la maison aux portes ouvertes, la table du petit déjeuner aux bols innombrables, les allées et venues dans les salles de bains, les escaliers, chacun se retrouvait avec la légère appréhension d'une nouvelle journée à partager, si nombreux encore. Il se demandait si sa fille était heureuse à Tel-Aviv, si elle marchait le matin sur cette plage où parfois résonnait le bruit des armes, recouvert avec rage par celui des musiques et des danses. Anaïs n'était pas juive. Pourtant elle était partie vivre là-bas. Elle était serveuse dans un restaurant de la rue Aarbaa. Cela avait déçu Nicolas, il fallait bien l'avouer. Depuis l'adolescence de sa fille il allait de déception en déception et rien n'était conforme à ce qu'il avait imaginé, et rien ne lui rendait cette fierté de père qu'il avait si violemment ressentie quand elle était née. Il ne la comprenait pas et cette incompréhension avait un goût amer, pareille à une rancune qui ne s'avoue pas, et il se forçait à l'enthousiasme quand elle lui parlait au téléphone, quand ils se retrouvaient deux fois par an, pour Noël et quelques jours à la fin de l'été. Et qui était-il après tout pour regretter le peu d'ambition de sa fille ? Sa propre vie avait si peu d'éclat et il avait causé lui-même tant de malheurs, peut-être valait-il mieux servir le menu du jour dans un restaurant que faire ce qu'il avait fait.

— Oh ? Nicolas ? Mais oh ? Tu rêves ou quoi ?

Jeanne et Rose étaient face à lui, avec un jeune garçon qui s'était de toute évidence coupé en se rasant et le petit pansement sur sa joue était encore taché de sang.

— Je te présente Dimitri, dit Jeanne, Dimitri, Nicolas, un copain de mon père.

— Je crois qu'on se connaît, dit Dimitri sans lui tendre la main, les deux poings enfoncés dans les poches de son pantalon, les épaules relevées.

Nicolas avait l'habitude de rencontrer ses anciens élèves sans les reconnaître la plupart du temps, on aurait dit qu'ils attendaient toujours d'avoir quitté sa classe pour se mettre à grandir d'un coup, s'habiller correctement et le regarder comme un vieux souvenir.

— Quelle classe ? Je veux dire : quelle année ?

— Oh la vache putain Nico, on est en vacances ! lança Jeanne, et il se demanda pourquoi elle lui parlait soudain comme s'ils étaient de vieux potes, et il se sentit décalé, tellement loin de tous ceux qui parlent fort.

— Je vous laisse les jeunes, dit-il, et c'était une phrase ancienne, combien de fois avait-il dit cela pour fuir : « Je vous laisse les jeunes » ? C'était devenu un tic de langage, et de fait il les laissa partir en sens inverse, lui décida d'aller chercher le journal, avoir des nouvelles des autres, savoir à peu près dans quel monde il avait mis les pieds ce matin-là.

Mais une fois qu'ils se furent quittés, il réalisa que cela ne se passait jamais ainsi lorsqu'il rencontrait un de ses anciens élèves. Jamais un élève ne disait à son prof : « Je crois qu'on se connaît. » Alors il chercha, il commença par son quartier, les commerçants, les voisins, mais aucun n'avait la tête de ce Dimitri, ce visage ingrat autour duquel la lumière tremblait, et ces yeux noirs, comme deux incrustations brutales. Puis il passa en revue les copains de Marie, et même ceux d'Anaïs, mais ça ne marchait toujours pas, alors il se répéta son prénom : Dimitri, Dimitri, et il se souvint que la veille Marie et Samuel avaient parlé de lui à table, ce garçon qui tournait autour de Jeanne, et qui ne savait pas nager, ou qui était champion de natation au contraire, il ne savait plus, personne ne semblait d'accord ou bien il avait mal suivi. Il se retourna pour regarder les trois adolescents, Rose qui se penchait vers le sable sans rien ramasser pourtant, Jeanne qui avait fièrement passé son bras sous celui de Dimitri et lui… lui qui lentement maintenant, se retournait vers Nicolas, comme une image au ralenti… et qui n'éprouvait aucune gêne à le fixer ainsi, lui signifier son intérêt, et malgré sa maigreur il semblait que les deux filles à ses côtés étaient protégées par lui, soumises à sa détermination.

Le journal du 14 juillet n'annonçait aucune mauvaise nouvelle, il y avait le matin même le grand défilé, on ne parlait que de ça, la parade militaire sur les Champs-Elysées, et le président de la République qui transpire sous le soleil dans son costume-cravate et qui crève d'envie de mettre ses Ray-Ban mais alors peut-être ressemblerait-il à un petit dictateur albinos ; et les chars écrasant les pavés, les gamins hagards sur les épaules de leur père, une armée sans guerre, des applaudissements sans acteurs... Pourquoi Nicolas ne disait-il pas à Marie d'arrêter son métier, elle n'était pas une grande actrice, elle avait été ce qu'on appelle « une nature », du charme, de l'énergie et beaucoup d'insolence, et puis l'injustice, le temps qui passe et ramène par vagues successives d'autres natures, un peu de chair fraîche et sa femme, sa femme si belle tant aimée... Pourquoi ne lui disait-il pas d'arrêter ça tout de suite, bouffer les dernières années qu'il reste et faire ce que l'on n'avait jamais osé ? Il s'assit sur la digue face à la mer dans laquelle déjà se jetaient les premiers baigneurs, heureux d'être si peu nombreux, des élus qui commençaient la journée avec une immense satisfaction et beaucoup de courage. Il commença un SMS à Marie : « Mon amour je suis entouré de fous qui se baignent dans l'eau glacée... » Comment continuer ? Comment faire pour ne pas la peiner ? Devait-il écrire : « parlons-nous », « arrête tout », « fais ce que tu veux » ? Tout lui semblait brutal et inapproprié, et puis alors qu'il réfléchissait, alors qu'il croyait ne penser qu'à sa femme, soudain il la reconnut. Cette petite angoisse qui se baladait dans sa mémoire, ce malaise qui faisait ressurgir les vieux démons. Il tenta de se concentrer plus fort sur les mots du SMS, mais son cœur prenait un autre rythme, ses mains se mouillaient, il avait soif et il se demandait... non il ne se demandait pas, il en était sûr : Dimitri c'était le nom du frère de Kathie… oui son frère avait un nom comme ça… Iouri ou Dimitri ou Vladimir, un nom russe il en était sûr. Et la façon qu'il avait eue de lui dire, avec cet air sournois, « Je crois qu'on se connaît »… Il effaça le SMS et composa le numéro de Denis.

— Denis ?

— Oui.

— Ecoute c'est insensé mais je crois que je viens de voir… Je crois que le frère de Kathie est ici…

— J'entends mal, qu'est-ce que tu dis ?

— Le frère de Kathie… Il m'a parlé. Il est ici.

— Oh non, Nicolas ! Ne recommence pas !

— Tu sais très bien qu'il avait décidé de se venger.

— Je suis à la pointe d'Agon, rejoins-moi, on va…

Marie arriva derrière Nicolas, l'enlaça en criant « Attention mon amour ne tombe pas ! » et l'embrassa avec une joie qui lui dévorait le visage, comme si elle le retrouvait après si longue absence.

— Nicolas ? Nicolas tu entends ce que je te dis ? Rejoins-moi à l'atelier.

— Tout va bien, dit-il, je viens de retrouver Marie.

Il raccrocha.

— C'est parfait que tu sois là, je vais m'acheter un maillot, j'ai besoin de ton avis, dit Marie, et elle lui offrit sa main afin qu'il se lève de la digue et la rejoigne, qu'il se lève sans forcer sur sa jambe, et n'ait pas trop mal.

Lola avait passé un pacte avec Marie : elle lui prêtait de l'argent, pas mal d'argent, que Marie lui rendrait dans un an jour pour jour, même heure même endroit : deux heures du matin dans la cuisine de Delphine, à Coutainville. Si elle avait gagné cet argent avec bonheur, les intérêts seraient nuls. Si elle avait accepté des rôles minables, des doublages, des pubs à la radio, les intérêts seraient de 6 %. Cela les avait fait rire et elles avaient trinqué avec leurs canettes de bière, et lorsqu'une heure plus tard Marie avait finalement porté son Doliprane à Nicolas, il dormait déjà. Elle avait réfléchi une bonne partie de la nuit, se demandant *au fond d'elle*, ce qu'elle avait réellement envie de faire. Serait-elle capable de tout changer ? De se créer une nouvelle réalité ?

— Fais comme moi, lui avait dit Lola, souvent je me parle comme me parlerait une amie. Je me dis : « Mais si ma chérie, achète-les ces petites mules Chanel, tu travailles assez, fais-toi plaisir elles sont faites pour toi ! », ou bien : « Mais bien sûr que non tu ne vas pas aller à ce dîner tu es fatiguée et tu n'as envie de parler à personne, allez vite ! Une petite soupe en sachet devant une série américaine ! »

— Pourquoi tu ne m'appelles pas moi, je suis censée être cette amie.

— Je dis ce que tu me dirais sûrement, mais sans te déranger.

— Et je t'en ai donné beaucoup, des conseils ?

— Pas mal. Et toujours des bons.

— M'étonnerait que je sois de bon conseil pour tes plans drague.

— J'ai pensé à toi quand j'ai rencontré Samuel.

— Dans le bar ?

— J'ai pensé que tu me dirais d'aller vers lui, même s'il a l'air de sortir du collège, car après tout je n'ai pas encore 40 ans et je peux encore me le permettre.

— Je ne suis pas sûre que je t'aurais dit ça...

Et cette nuit-là, assise dans son lit, à côté de Nicolas qui ronflait doucement, parce qu'il avait trop bu et fumé, Marie s'était demandé quel conseil amical elle pourrait bien se donner, et ce qu'*au fond d'elle*, elle avait réellement envie de faire. Qu'est-ce qui la faisait rêver, aujourd'hui ? Elle était prudente. Elle connaissait les faux espoirs et leurs retombées. Elle avait des antennes, une carapace et une tanière aussi : le fond de son lit quand elle décidait de se soustraire à l'agitation sociale et commerciale. Cette nuit-là, alors que la mer rejoignait la plage et qu'elle entendait cette énergie qui ne s'épuisait jamais, elle comprit qu'elle s'était trompée. Elle avait cru qu'elle deviendrait connue, que cela avait une importance, mais quoi ? Son nom sur un programme de théâtre qui serait si vite périmé ? Son nom au générique d'un film qui serait bradé en DVD puis oublié, et après ? N'aurait-elle pas mieux fait d'aller planter des arbres ? N'aurait-elle pas mieux fait de ne rien faire ? Etre celle qui ne fait rien. Regarde et écoute la vie et n'ose jamais un commentaire ni un jugement. Une statue plantée au cœur du monde, une femme assise sur une chaise dans un parc, un être sans exigence sans amertume. Elle passa la main sur le front de Nicolas, elle aimait cet homme-là, elle aimait qu'il vieillisse dans ses bras, et sa fierté enfantine à montrer ses abdominaux, à être ami avec Denis l'homme riche et infaillible. Elle aimait son rire aussi, et sa jolie façon de regarder les femmes sans en dire du mal jamais. Il était gentil. Ça n'était pas niais, ça n'était pas réducteur, c'était immense, il était gentil et elle l'aimait pour ça, cette politesse qu'il avait de la vie, cette façon de la bien traiter. Elle caressa ses cheveux mouillés de transpiration et lui en voulut un peu de dormir, car c'était lui son ami.

Lola et Samuel couraient sur la plage, comme tant d'autres. Elle si menue, si fine, et lui si fier. Elle, luttant contre le temps qui passe, lui, le prototype de ce qu'une vie saine pouvait donner de meilleur. Il se trouvait beau. Il trouvait qu'ils allaient bien ensemble et correspondaient à son rêve. Il eut envie de s'arrêter et la prendre dans ses bras et la demander en mariage. Les filles aiment ça. Mais peut-être devait-il attendre la nuit, après le feu d'artifice sur la plage ce soir ce serait bien. Il regarderait le feu d'artifice la gorge nouée d'émotion, puis il la tirerait hors du groupe et lui demanderait de l'épouser. Dans la nuit sur la plage qui sentirait encore la poudre, et au loin on entendrait la musique qui ouvre le bal. Est-ce que tout cela n'était pas trop convenu, pour une fille comme Lola ? Lui ne se serait jamais cru capable de ça, un tel classicisme. Il avait eu mal toute la nuit. Elle s'était endormie alors qu'il avait passé son bras sous sa nuque et qu'ils parlaient tous deux à voix basse. Endormie sur le dos. En confiance, avait-il pensé. Au milieu d'une phrase, pour ainsi dire, une phrase à lui, il ne savait plus laquelle. Et il n'avait pas osé retirer son bras et la réveiller. Elle disait que c'était grâce à Marie qu'elle l'avait abordé dans ce bar, elle disait aussi qu'elle avait un sacré cafard ce soir-là, et un sacré coup dans l'aile, aussi… Et quand il avait répondu, il ne savait plus quoi, elle s'était endormie. Le soir de leur rencontre, il avait pensé qu'elle avait bu, comme on boit d'ordinaire la nuit dans les bars, mais pas qu'elle était éméchée. Ce soir-là, lui non plus n'allait pas très bien. Il avait auditionné toute la journée des colocataires pour les bureaux qu'ils partageaient à République, ses associés et lui. Les locaux étaient chers et trop grands pour leur seule boîte de communication et ils avaient passé cette annonce. Il avait fallu auditionner et sélectionner les candidats et il n'avait pas été d'accord avec ses associés qui avaient voté pour un styliste qui avait dit qu'il ne les dérangerait pas, car il travaillait la nuit « quand les Parisiens sont sous cloche », et Samuel avait bien vu, à la façon dont le garçon avait dit cela, que c'était une phrase qu'il devait répéter souvent, une façon d'avouer le mépris qu'il avait pour les gens comme lui. Samuel savait la méfiance qu'il éprouverait à le croiser chaque matin, le styliste partant se coucher et lui arrivant après avoir pris le métro et lu les journaux gratuits et bu un café au zinc avec les commentaires sur le temps et le match de la veille. Il était semblable aux autres. Sauf quand il était avec Lola. Lola le rendait meilleur, elle était sa différence, sa fantaisie, une magnifique surprise dans sa vie convenue de jeune entrepreneur parisien qui avait laissé à Mâcon ses parents âgés, et sa jeunesse aussi brumeuse que la ville. Il ne pensait jamais à son enfance sans la voir nimbée de ce voile de brume qui partait du sol pour s'accrocher à la cime des arbres, et cette petite fatigue, cette paresse que l'on ressentait à vivre ainsi dans ce brouillard léger, cette humidité distillée en permanence par un vaporisateur invisible. Il lui semblait depuis qu'il avait quitté Mâcon, qu'il rattrapait son retard sur la vie, tout ce temps perdu chez ses parents vieillissants, sa mère qui avait eu trois fils avant lui et se croyait sortie d'affaire, et voilà que Samuel était né et elle était accablée de fatigue, sans force et sans désir de le connaître. Et maintenant il courait aux côtés de Lola, invité dans la maison au bord de la mer, jouant au flipper avec Denis, fumant le cigare avec Nicolas, il était heureux, il osait à peine se l'avouer, même si la veille il y avait eu ces reproches de Lola comme une mère à un enfant malpoli :

— Nous sommes invités chez Delphine, nous sommes sur son territoire, tu n'as pas à amener des… des inconnus illuminés dans son jardin !

— Primo, cesse de parler de territoire, ce pays n'est pas en guerre, secundo Dimitri voulait s'excuser auprès de Jeanne et Rose, j'ai trouvé cela plutôt touchant.

— Samuel ! Ce type est un menteur beaucoup trop âgé pour Jeanne, Rose est imprévisible et… Et de toute façon, Delphine ne veut pas de lui chez elle. Point !

— Quelle importance qu'il sache nager ou non, qu'il ait bafouillé une excuse minable, tu imagines que c'était simple pour lui d'arriver ici, de vous trouver dans ce jardin et de… Pour toi évidemment tout ça est naturel mais aux autres ça peut paraître… Tout ce bien-être, cet argent… Il a flippé, c'est un gosse, merde !

— Un gosse ? Qui a prédit la mort du grand pin !

Il avait voulu la prendre dans ses bras mais elle l'avait repoussé d'un geste brusque et un petit sifflement entre les dents, une exaspération effrayante car il imaginait que cela pourrait se produire un jour, subitement elle serait exaspérée, comme elle avait dû l'être avec les autres, tous les autres avant lui. Il eut besoin de courir plus vite et laissant Lola derrière lui il partit. L'angoisse lui donnait des ailes, il courait vite comme dopé soudain, porté littéralement par tout ce qui le menaçait.

Delphine se tenait entre les deux portes ouvertes de la grande armoire dont elle avait vidé les étagères, une armoire normande qu'elle avait toujours détestée, aussi l'avait-elle placée dans un recoin, entre deux étages. Elle avait ressenti ce besoin impérieux de faire du tri. Tous ces habits usés, mal taillés, ces vieux cachemires que l'on ne se décidait pas à jeter et que l'on gardait pour le bateau, pour le jardin, pour la pêche… Elle n'en pouvait plus, elle étouffait de la présence de toutes ces vieilleries dans la maison, partout des choses inutiles et pas seulement les usagées mais les neuves aussi, ces bibelots, ces gadgets, tout ce qui nous avait paru beau ou nécessaire un jour et qui s'oublie si vite sans jamais nous manquer, sans que jamais on le cherche. L'armoire avait cette odeur de cire qui se mariait à celle du cuir et du cirage, Denis y entreposait les bottes d'équitation qu'il ne jetait pas et qui ne servaient à rien, il y avait même des miettes de pain c'était incroyable ! Petits, Jeanne et Alex allaient toujours voir leurs parents monter à cheval avec des croutons de pain dans des sacs plastique et ils aimaient les poser dans leurs paumes ouvertes et sentir la bouche du cheval qui s'en emparait, ce léger frisson à sentir la muqueuse et les poils. Ses bottes à elle, Delphine les avait laissées à la clinique où on les lui avait ôtées après qu'elle eut fait cette chute, rien de grave, mais elle n'était jamais remontée, et elle avait demandé à Denis de vendre son cheval. Il s'était emballé alors qu'elle rentrait de promenade avec des amis, ils avaient galopé longtemps sur la plage, c'était l'hiver et il pleuvait un peu, mais ils ne sentaient ni la pluie ni le froid, juste la vie, cette jubilation, comme s'ils avaient 15 ans et qu'ils fussent assez innocents pour croire que cela se répéterait, qu'il n'y avait qu'à le décider. Et au retour, alors qu'ils approchaient des écuries…

— Hey ! Mais c'est mes affaires !

Jeanne et Rose revenaient de la plage, Delphine le sentait à ce petit air frais qui les suivait, toujours ceux qui reviennent de la plage le matin apportent avec eux un brin de fraîcheur, comme s'ils avaient rajeuni. Jeanne regardait avec rancune ses vieux jeans troués que sa mère s'apprêtait à jeter.

— Tu vas pas jeter mes jeans ? Je voulais en faire des shorts !

— Tu te souvenais même plus que tu les avais, laisse-moi rire.

— Je les cherchais partout justement, demande à Rose, hein Rose ?

Rose était tétanisée par Delphine. Elle ressemblait exactement à l'idée qu'elle se faisait de la mère idéale : belle, riche, et blonde. Aussi ne lui adressait-elle jamais la parole, comme si elle avait craint, par cet acte prosaïque, de la faire disparaître. Mais elle n'eut pas besoin de répondre à Jeanne, prendre parti devant sa mère, car elles se marraient maintenant toutes les deux, elles avaient retrouvé le premier maillot de bain d'Alex, un minuscule body aux rayures noires et blanches qui ressemblait à ceux des haltérophiles sur les places de village, et cela les rendait visiblement heureuses.

— Mon frère, dit Jeanne à Rose avec fierté, c'était MON bébé, tu sais ça ?

— Ouais…

— Je le mettais dans la poussette de mes poupées, je le faisais manger, je jouais avec lui, il m'a-do-rait ! Hein m'man ?

— Ne dis pas « m'man », tu sais que ça m'énerve, mais c'est vrai, il t'adorait. Va me chercher un sac-poubelle.

Et comme Jeanne restait là sans bouger, ne regardant plus les vieux jeans mais sa mère qui dépliait et pliait des pulls à une vitesse hallucinante, au bout d'un moment Rose dit simplement :

— Vous pourriez être vendeuse… Vous allez vite.

Delphine se retourna brusquement vers elles, exactement comme si elle les avait oubliées et les retrouvait soudain. Elles eurent un léger sursaut.

— Alors ! Déjà que cette armoire, je la déteste ! Mais vous êtes là… Vous êtes là… ! collées dans mon dos, à épier mes moindres gestes, et ce sac-poubelle, merde ! Je ne peux vraiment rien te demander, Jeanne ! De toute façon… Oh de toute façon je m'en fous de ces frusques, là !

Et les deux filles restaient là, face à elle qui se débattait comme si elle s'était pris les pieds dans du barbelé, ayant envie de partir mais ne partant pas, se retenant de hurler, de balancer dans les escaliers cette foutue armoire achetée avec sa mère chez un antiquaire de Coutances, cet après-midi où elle avait baissé la garde et accepté cette horreur que toutefille-ayant-une-grande-maison-au-bord-de-la-mer-et-enceinte-de-son-premier-enfant, se devait d'avoir.

— C'est écœurant..., dit-elle tout bas. Et elle les regarda, cherchant une approbation qui ne venait pas. C'est écœurant, non ?

Jeanne comprit que beaucoup de choses étaient finies. Elle avait voulu s'affranchir et c'était gagné. Elle avait voulu de toutes ses forces ne pas ressembler à sa mère, et ce jour était arrivé. C'était une grande victoire et maintenant c'était clair, elle devait laisser la petite Jeanne devant l'armoire ouverte sur son ancienne vie, qui soit dit en passant ne sentait pas très bon.

Elles partirent doucement, de ce pas régulier et calme des grands marcheurs patients. Delphine remit en boule dans l'armoire tout ce qu'elle en avait sorti, hésita à prendre avec elle le petit maillot rayé noir et blanc et finalement y renonça. Alors la lumière de la plage lui manqua violemment, comme manque soudain un être que l'on aime et sans qui la vie n'est plus que la vie, sans espérance et sans surprise.

Denis était parti voir son bateau, qui posé sur le travelift paraissait un animal en sommeil, blessé et hautain, bientôt pourtant il reprendrait la mer et il se sentirait à la merci d'autres volontés que la sienne. En mer, comme avec sa jument, il aimait ressentir ces peurs irréversibles, ces impulsions de fuite, l'accident possible. Il repensait au coup de fil angoissé de Nicolas, un peu obscur, il avait reconnu les prémices de la panique, il y était habitué. Il était fréquent que Nicolas l'appelle et prononce quelques phrases incohérentes qui avouaient une peur ancienne, *la peur que cela recommence*. Il lui avait demandé de le rejoindre à la pointe d'Agon, à l'atelier qui fermait à midi ce jour-là pour cause de 14 juillet, et maintenant il l'attendait depuis vingt minutes et l'atelier avait fermé. Denis avait juste eu le temps de parler un peu avec le patron, faire un chèque et accepter un verre dont il n'avait pas envie, et bien que sachant que son bateau ne serait pas prêt ce week-end, il en ressentait à présent, à cause de ce mauvais alcool versé par le patron, une rancune profonde. Pourquoi avoir bu cet alcool fait maison, autant dire immonde, tout cela pour avoir l'air « cool » comme aurait dit sa fille ? Pourquoi lui fallait-il toujours s'excuser de gagner tant d'argent et tenter de s'en dédouaner par des excès de sympathie aussi navrants que forcés ? Pourquoi parce qu'il était riche devait-il se montrer plus qu'un autre intéressé par le sort de l'humanité ? Il pouvait, il le savait, plus qu'aucun de ses amis se détourner immédiatement de l'argent. Il aimait croire qu'il pouvait être capable de tout quitter et partir vivre en ermite. Seul dans le désert. Comme il l'avait fait à plusieurs reprises, mais revenant toujours, pour vivre sous le regard las de sa femme et les soupirs de ses enfants à qui il ne rapportait pas de cadeaux comme il le faisait lors de ses autres voyages, ses déplacements professionnels à New York, Shanghai et Tokyo. Et maintenant il poireautait comme un con, Nicolas allait débarquer dans sa vieille bagnole qui sentait la pomme rance et la cendre froide et il tenterait de calmer une fois de plus son angoisse, même si au fond de lui il savait bien qu'un jour ou l'autre, cette histoire le rattraperait.

Il alla s'asseoir sur la plage. Alluma une cigarette. Il faisait frais. Le ciel s'éclaircissait lentement, comme s'il n'en avait pas vraiment envie, hésitant et pâle. Une femme était allongée pas très loin, en maillot. Comment faisait-elle pour ne pas avoir froid ? Suffisait-il de décider que l'on va bronzer au soleil, pour que cela soit ? Denis s'allongea à son tour, le sable frais sous sa tête, ses cheveux épars, plus envie de faire des implants comme il l'avait promis à Delphine il y avait si longtemps maintenant. Devant ses yeux mi-clos, entre le ciel et lui, la fumée de sa cigarette, comme de légers nuages descendus sur terre. Quand il était petit sa mère (mais n'était-ce pas un autre temps, une tout autre façon de vivre ?), lorsqu'elle fumait, aspirait une grande bouffée qu'elle gardait en bouche, puis prenant dans ses mains la tête de Denis soufflait la fumée d'un coup sur son crâne : « Oh là là ! criait-elle, Denis prend feu ! Denis prend feu par la tête ! » Et lui tournait sur lui-même, se montrait à tous qui riaient et faisaient semblant d'être effrayés. Enfant, Denis croyait tout ce que disait sa mère, dont la phrase favorite était : « Oui oui mon chéri c'est possible », et même quand il essayait par jeu, ou parfois par une sorte de dépit un peu rageur, de la provoquer, elle affirmait encore que c'était possible. Il pourrait faire TOUT ce qu'il voudrait plus tard, tous les métiers du monde, astronaute, jardinier ou président de la République, il pourrait vivre dans n'importe quel pays du monde, n'avoir aucun enfant ou autant qu'il le voudrait, créer des orphelinats, devenir une femme, oui oui même cela était possible, changer de nom, de prénom, vivre la nuit et pas le jour, dormir tout l'hiver ou être insomniaque, devenir menteur même s'il le voulait, oui oui mon chéri tu peux être un menteur de génie un faussaire un romancier ou un camelot tu peux tout faire à une seule condition : n'emmerde jamais personne !

— Qu'est-ce qui te fait marrer ?

Derrière la fumée de sa cigarette, Denis vit les chaussures minables et les longues jambes de Nicolas. Il s'assit à côté de lui en râlant que cette « putain de guibole lui faisait un mal de chien ». Denis songea qu'il ne connaissait personne de plus gentil et de plus emmerdant que Nicolas, et si sa mère ne perdait pas autant la tête, il l'aurait volontiers envoyé chercher conseil chez elle : « N'emmerde jamais personne ! » Il aimait bien parfois que sa mère perde un peu la tête, il aimait bien l'entendre dire des conneries car après tout, pourquoi les mots devraient-ils toujours exprimer exactement notre pensée ? La légère fêlure de sa mère offrait parfois à Denis des petites récréations, sa mère déconstruisait le monde et sa logique, et il fallait bien l'avouer ils piquaient de sacrés fous rires tous les deux et puisque « tout est possible mon chéri », pourquoi ne serait-il pas possible de rire, là où tant d'autres pleurent ?

— Tu as vu cette femme qui se fait bronzer ? Elle est quoi d'après toi : têtue, idiote ou en silicone ?

— Tu as compris ce que je t'ai dit tout à l'heure ? J'ai vu le frère de Kathie.

— En rêve ou en vrai ? Non, je veux dire : vu l'état d'angoisse dans lequel te plonge ton ostéoporose précoce…

— Ne déconne pas Denis ! Je te dis que j'ai vu le frère de Kathie Vasseur ici, sur la plage !

— Tant mieux.

— Pardon ?

— Tu vas l'affronter quand, cette histoire ? Que ce môme soit le frère de Kathie ou non, il va falloir que ça sorte, d'une façon ou d'une autre.

Denis écrasa son mégot dans le sable. Il en eut honte. Il le reprit et alla le jeter dans les rochers contre la digue. En passant il regarda la femme qui ne bougeait toujours pas allongée sous son faux soleil de cinéma. Est-ce qu'elle attendait que quelqu'un vienne la chercher, que quelqu'un la rejoigne ? Est-ce qu'elle n'avait trouvé que ce moyen-là pour échapper aux autres ? Elle le regardait, derrière ses lunettes de soleil il voyait le clignement de ses paupières.

— Vous n'avez pas froid ? lui demanda-t-il.

Elle fit non avec la tête. Il pensa à sa mère :

— Je ne vous dérange pas au moins ?

Elle fit oui avec la tête. Il retourna s'asseoir auprès de Nicolas.

— Ce type : Dimitri, je l'ai vu ce matin sur la plage, il se promenait avec Jeanne et il m'a dit : « Je crois qu'on se connaît. »

— Et... ?

— Et il avait les deux poings enfoncés dans les poches. Hostile, tu vois. Provocateur.

— Et... ?

— Et ils sont partis en sens inverse et quand je me suis retourné, parce que j'étais intrigué tu comprends, je sentais bien que quelque chose clochait, eh bien le type s'était retourné lui aussi et il me regardait. Il est... si sûr de lui, tu ne peux pas imaginer, on ne peut pas imaginer parce qu'il a l'air... Il est effrayant, mais il a l'air de rien. Tu comprends ?

— C'est un ami de Jeanne ?

— Mais pas du tout, c'est un dingue, il est dingue, il s'est incrusté chez toi, il dit qu'il ne sait pas plonger, ou nager, et puis il plonge, il... il ment !

— Je ne comprends rien : c'est un ami de ma fille ou un maître nageur qui prend des cours de natation ?

— Mais écoute-moi bon Dieu ! Ce type est le frère de Kathie, et il a sympathisé avec Jeanne pour m'approcher, putain c'est pourtant simple non ? Le jour de l'enterrement... tu pourrais t'en souvenir, merde !

Nicolas tenait son visage avec ses mains, comme pour l'empêcher de tomber, les paumes plaquées contre ses joues, les doigts passant et repassant sur ses sourcils, puis s'enfonçant sur les paupières.

— Nicolas, le jour de l'enterrement de Kathie, tout le monde était bouleversé et toi le premier, c'était il y a trois ans, tout le monde disait et faisait n'importe quoi à l'époque, et le môme et sa famille ont quitté Paris tu devrais t'en souvenir.

— Et j'avais reçu cette lettre.

— Et pourquoi maintenant, hein ? Pourquoi il mettrait sa menace à exécution maintenant ? Ici ? Un môme qui avait 15 ans à peine !

— Il attendait sa majorité, il attendait d'en avoir la force, d'en être capable.

— Et comme par hasard il savait que tu serais là aujourd'hui ici dans ce bled paumé chez moi ?

— Aujourd'hui comme tous les 14 juillet depuis seize ans. Il le savait. On en avait parlé. Je veux dire : Kathie le savait et le lui avait peut-être dit.

— Putain, Nicolas ! Parce qu'un copain de Jeanne t'a dit « Je crois qu'on se connaît »… !

— Quand tu le verras, tu comprendras. Il faut le voir, pour comprendre.

— Tu n'es pas responsable du suicide de Kathie, elle était fragile, psychologiquement fragile… Et… Ce n'est pas son frère.

Denis le regarda, prisonnier de sa peur, de sa culpabilité d'homme intègre qui avait voulu faire le bien et avait déclenché une tragédie. « La tragédie d'un homme ridicule », pensa-t-il, espérant ne pas se tromper, car il était préférable que Nicolas soit ridicule, plutôt que sensé.

Lola vit Delphine assise sur le sable face à la mer. Dans son grand pull rose, son jean blanc, elle faisait une tache de lumière sur la plage aux couleurs sépia de ce matin frais.

— Tu es la créature la plus attirante de cette plage, lui dit-elle en s'asseyant à ses côtés.

— Tu ne cours plus ?

— Samuel a voulu me faire une démonstration de sa vigueur et de sa jeunesse, il a filé à toute allure et sans prévenir, je m'en fous d'ailleurs. Et toi ? Tu as fui la maison ?

— Je crois…

— Tu savais que Marie avait des problèmes de fric ? Des vrais problèmes, vraiment sérieux ?

— Elle n'a qu'à donner des cours de comédie, tous les comédiens sans boulot deviennent profs de théâtre, pourquoi elle fait pas ça ? Tu as dit à Samuel que je ne voulais plus de ce Dimitri chez moi ?

— Il nous trouve injustes, il pense que nous avons terrorisé ce pauvre garçon.

— C'est peut-être vrai mais Jeanne est tellement influençable, déjà qu'elle s'est entichée de cette idiote de Rose, si en plus elle traîne avec ce môme qui a l'air sorti de la DDASS !

Lola ressentit cette douleur lointaine et bien connue,

cette peur furtive qui surgissait parfois comme une bouffée de honte. Elle regarda la mer comme s'il y avait une solution dans le ressac, une sagesse dans la répétition des vagues qui prenaient, maintenant que le soleil perçait le gris du ciel, un bleu pastel, un peu délavé. Elle avait envie d'oser des questions, juste pour voir. Demander à Delphine ce qu'elle savait des enfants qui viennent de la DDASS. Elle-même n'en savait rien. Elle-même se l'était toujours demandé. Qui étaient-ils, ces enfants abandonnés ? Comment vivaient-ils ? On dit que certains n'ont aucune photo d'eux petits, et alors ils se regardent dans le miroir et sont une énigme pour eux-mêmes.

— C'est quoi au juste ces préjugés sur les enfants de la DDASS ? Tu les connais ?

— Je les ai connus, oui. Notre bonne dans le Limousin, là où nous avions notre maison de campagne, en plus de faire des ménages chez les Parisiens en vacances, avait des mômes de la DDASS en pension chez elle. Je les reverrai toujours dans sa ferme, tous autour de la table, une grande table en bois et eux, assis en silence derrière leur bol... C'était triste.

— Ça ne se passe pas comme ça.

— Qu'est-ce que tu en sais ?

— On n'est plus au temps de Balzac, c'est très dur d'adopter un enfant.

— Elle ne les avait pas adoptés, elle les avait en pension, je te dis. J'ai prévu des melons, du jambon et une grande salade de tomates pour midi, tu penses que ça suffira ?

— Ça suffira...

— Excuse-moi si j'ai été brusque, j'aime bien Samuel et s'il n'y avait pas Jeanne je me ficherais que ce Dimitri traîne avec nous, oh oui vraiment j'en ai rien à fiche !

Lola tenta d'imaginer la table de ferme dans la cuisine sombre qui sent le beurre et la bouse de vache, l'herbe fraîche et l'humidité. Et les visages au-dessus des bols, tous les âges de ces enfants qui se côtoient, comme une immense famille qui se serait formée dans le désordre. Connaissent-ils les prénoms de chacun, restent-ils longtemps ensemble ? Les enfants de la DDASS dans la cuisine. Les vaches dans le champ derrière la ferme. La comptabilité équilibrée. Combien cela rapporte-t-il d'avoir ces gosses en pension ? Plus que le lait ? Moins que des heures de ménage ?

Lola et Delphine se taisaient maintenant, et Delphine comprit que ça n'était pas la mer qu'elle avait eu envie de rejoindre, après avoir refermé l'armoire sur tant de désordre. C'était Denis qui lui manquait. Elle ressentait le besoin de se tenir contre lui, et de s'abstraire du monde. Que tout finisse dans ses bras aurait été bien. La juste conclusion de tant d'années communes, l'hommage aux années anciennes, les premières, quand ils se nourrissaient de leur amour et de l'orgueil qu'ils en tiraient. Peut-être devrait-on enterrer les amours mortes. En faire l'éloge, avant que chacun parte de son côté.

Un vieil homme se tenait face à la mer. Le pantalon relevé, les pieds dans l'eau, ses bras fins le long du corps, il semblait hypnotisé par l'horizon encore flou sous la lumière pâle. Combien de temps allait-il rester ainsi, les pieds nus dans l'eau glacée ?

— Je n'imagine pas les enfants de la DDASS aussi étranges que Dimitri, au contraire, dit Lola, ils doivent être gentils, coopératifs, et attachants aussi…

— C'est parce que tu confonds la DDASS et la SPA. Imagine que ce vieux soit amnésique, imagine qu'il soit arrivé face à la mer et ne sache plus maintenant qu'il est là, ce qu'il doit faire, quelle direction prendre.

— On peut être gentil et attachant sans ressembler à un clebs.

— Lola, je sais que tu vas encore hurler, mais franchement je te le dis : tu ne connais absolument rien aux enfants. Tu vois des éléphants roses là où je vois moi des monstres sans foi ni loi !

Delphine aurait voulu avoir la force de rejoindre Denis, elle n'avait plus grand-chose à perdre et pouvait bien risquer après tout, en se jetant dans ses bras, de se fracasser contre un mur. Et Lola était là qui la forçait à dire des banalités, elle se détestait d'être si amère et incapable d'avouer à son amie ce qui l'habitait si fort.

— Je connais plus les enfants que tu ne l'imagines, je connais beaucoup plus de choses que tu ne l'imagines, mais vous avez tous de la merde dans les yeux et il est si facile de vous berner !

Et Lola se leva pour rejoindre le vieil homme. Delphine la vit lui parler, le vieillard tourna la tête vers elle, puis rit franchement, sans retenue. Elle partit rejoindre Denis à la pointe d'Agon.

L'atelier de réparation était fermé, mais la voiture de Denis était là, et celle de Nicolas aussi. Où étaient-ils tous les deux ? Delphine les chercha un peu dans ce village qu'elle n'aimait pas, le camping, le PMU, la baraque à frites, ça n'était pas son monde. Elle s'était protégée de tant de choses, elle avait eu la chance de naître et de grandir dans le beau. La maison de Saint-Mandé avec son jardin entouré de glycines, ses branches fortes et noueuses qui entouraient la grille et qui la fascinaient enfant, comme si le lieu avait été prisonnier de ces branches et aussi des racines du peuplier qui auraient pu à la longue soulever la maison, comme le lui avait dit son frère, sûrement pour l'effrayer, n'empêche… elle avait guetté longtemps dans le siphon de la baignoire et celui du lavabo, dans la cuvette des WC, l'apparition des racines, et ne se serait pas étonnée de se réveiller un jour la maison soulevée dans le ciel par cette seule force. Elle avait les souvenirs de ces matins de Noël qui se terminaient invariablement dans le bois de Vincennes où l'on essayait le vélo sans les petites roues, où l'on poussait des landaus à poupée tout neufs et les bateaux téléguidés sur le lac Daumesnil. Elle se revoyait adolescente, assise dans l'herbe à côté d'un garçon malhabile et joli, et l'odeur de l'eau dans les sous-bois, du cerfeuil et des bleuets se mariait étrangement à celle de l'après-rasage sur les joues de ces adolescents qui fumaient leurs premières cigarettes en parlant des objecteurs de conscience. Elle voyait passer les chevaux et les cavaliers dans un rythme lent, poursuivis par des chiens que leurs maîtres rappelaient à eux sans conviction ; la vie se teintait d'une insouciance un peu volage, on sentait, dans Paris tout proche, frémir les voitures et l'agitation de ceux qui passent leur temps libre dans les grands magasins, sur les boulevards encombrés, et il semblait à Delphine qu'elle avait traversé sa jeunesse comme elle avait habité le bois de Vincennes : elle avait eu la nonchalance de celles qui se promènent à l'air libre, avec la conscience un peu floue que tout autour brûle un autre monde. Et ce matin, dans Agon coloré, bruyant, elle cherchait Denis et ne le voyait pas. Qu'aurait-il fait ici d'ailleurs ? Il était plus logique de le chercher sur la plage, et de fait elle le vit, et bien sûr Nicolas était assis à ses côtés… quel dommage !

Elle alla à eux lentement, avec la prudence de celle qui ne désire provoquer rien d'autre qu'un étonnement heureux, mais son cœur battait avec une violence sourde, car elle désirait faire de son mari, à nouveau, son confident. Lui dire que sûrement elle partirait bientôt. Car il lui semblait n'être bonne à rien. Ne savoir rien faire et n'aimer personne. Elle vivait derrière une vitre opaque d'où elle les regardait vivre, lui et leurs enfants, sans pouvoir se mêler à eux. Et elle voulait avant de partir faire ce geste qui était si simple avant, si habituel et maintes fois répété : se blottir dans ses bras. Retrouver son odeur, comme on retrouve un parfum d'enfance, le fondement de notre être. Quand elle arriva à leur hauteur, Nicolas leva vers elle un visage étrangement vieilli, le visage d'un homme qui se réveille d'une nuit inconfortable. Denis lui demanda ce qu'elle faisait ici, d'un ton qui avouait l'incongruité de sa présence. Il y avait longtemps que Delphine ne s'intéressait plus au bateau.

— On traîne, excuse-nous, dit Nicolas, tu as besoin d'aide pour les courses ?

Elle remarqua la femme immobile presque nue sur le sable. Elle remarqua qu'ils avaient froid tous les deux et semblaient ne pas aller bien. Nicolas se leva avec peine, sa voix était empreinte d'une émotion résolue, comme s'il avait tenté de contenir un sentiment puissant dont il ne voulait pas :

— Je vais chercher des gâteaux.

En temps normal Delphine lui aurait dit de ne pas « faire de frais » ou qu'elle préférait que les enfants mangent des fruits, mais elle avait hâte qu'il s'en aille et priait pour que Denis ne le suive pas.

— Tu as vu quelqu'un pour ta hanche ?

Nicolas avait pâli en se levant… comme le temps a passé, se dit Delphine ! Comme les années des parties de foot sur la plage, des concours de plongeons, des sauts dans les dunes semblaient loin et surtout quelle douceur étrange il y avait à comprendre que ça ne reviendrait plus. Simplement et sans bruit tant de choses étaient finies et appartiendraient à d'autres, des inconnus, des générations pas encore nées, des touristes allemands ou japonais qui ne sauraient jamais que Coutainville avait un temps appartenu à Delphine et Denis, que Coutainville avait été le rendez-vous annuel et sacré de leurs amis et de leurs enfants.

— Marie pense que je devrais voir un chirurgien, mais j'ai une peur bleue de l'anesthésie…

Delphine ne répondit rien, de peur d'engager une conversation. Elle voulait que Nicolas s'en aille, aussi maladroitement et péniblement qu'il le pouvait mais qu'il s'en aille. Elle n'avait pas à s'inquiéter. Il savait qu'elle était venue voir Denis, il l'avait vu à sa façon de mordiller la mèche de cheveux que le petit vent ramenait sur sa joue, et à ses questions convenues sur sa hanche. Il partit en leur envoyant à tous deux un salut juvénile et sans se retourner. Alors Delphine s'assit aux côtés de Denis qui, parce qu'il n'avait pas bougé, n'avait pas profité du départ de Nicolas pour quitter la plage, lui signifiait son accord.

— J'ai prévu des melons, du jambon et une salade de tomates pour midi, tu crois que ça suffira ?

— Ça suffira…

— Il a l'air fatigué Nicolas.

— Nicolas a peur du bonheur.

— Quoi ?

— Nicolas a peur du bonheur, je te dis. Il n'est même plus capable d'apprécier trois jours de beau temps au bord de la mer, c'est une tragédie.

Elle retrouvait bien là Denis, la façon qu'il avait de plaindre les autres, de se désoler de leur comportement tout en ayant l'air de s'en fiche. Et finalement, à force de vivre avec lui, ne s'était-elle pas elle aussi armée de ce léger dédain pour se protéger de la vie des autres ? Pourquoi tout à l'heure avait-elle parlé de Dimitri avec tant de méchanceté ? Pourquoi ce garçon timide et de toute évidence pétri d'admiration non seulement pour Jeanne, mais pour tout leur petit cercle d'amis, devrait-il être traité comme un personnage subalterne ? Ce serait peut-être lui le témoin de leurs dernières années à Coutainville, cet admirateur qui ne semblait pas à la hauteur… mais n'éprouve-t-on pas toujours un peu de condescendance pour ceux qui nous aiment sans raison ?

— A part ça tout le monde a l'air content, dit-elle.

Denis ne répondit pas. Il ne comprenait pas pourquoi elle faisait tant d'efforts pour parler et pourquoi elle avait tant de mal à le faire, et sa maladresse lui faisait presque peur, elle était touchante. Mais il n'aimait pas que l'on tourne autour du pot, il était un homme de décisions, de résolutions rapidement prises et toujours suivies, la clef de cette réussite que tous lui enviaient avec un léger mépris. Il regarda sa femme et devant ce regard franc, si peu troublé, elle baissa le visage. Elle grattait le sable avec ses doigts et il pensa qu'elle abîmerait son vernis, et quelle femme était assez distraite pour se vernir les ongles au bord de la mer ? Elle semblait improviser en permanence, surprise elle-même d'arriver à rattraper sa propre négligence et même ses réussites étaient involontaires.

— Tu voulais me dire quelque chose ? demanda-t-il.

Les doigts de Delphine se figèrent dans le sable. Les petites veines à ses tempes dessinaient des ondulations fragiles sous sa peau et elle hésitait à faire ce pour quoi elle était venue : se blottir dans ses bras. Et que tout prenne une autre tournure.

— J'avais envie d'être là, avec toi.

— Parce que ?

— Hein ?

— Donne-moi une explication, qu'est-ce que tu veux ? Je ne t'ai pas donné assez d'argent hier ?

— Trop. Tu m'as donné beaucoup trop d'argent hier.

— Je t'ai donné ce que tu m'as demandé.

— Oui.

— Je t'ai toujours donné ce que tu m'as demandé.

— Oui.

— Qu'est-ce que tu veux ?

La main de Delphine passa du sable humide à la main de Denis. Ça n'était pas la première fois qu'elle revenait vers lui, ces retours étaient généralement dus à des séparations douloureuses avec un de ses amants ou des crises de culpabilité aussi violentes que brèves. Il avait l'habitude. Il s'en détournait toujours. Delphine était forte, elle n'avait pas besoin de lui pour surmonter la douleur, elle avait une volonté de vivre effrayante, et plus d'une fois il avait semblé à Denis que ces moments d'abattement étaient en fait des défis supplémentaires, comme une sportive blessée qui puise dans sa rééducation une énergie et une soif de revanche qu'elle ne se soupçonnait pas.

— Ça va aller, dit-il, ça va passer, crois-moi…

Sa voix était douce, usée, lointaine. Delphine sut alors ce qu'elle aurait ressenti à se blottir dans ses bras. Cela aurait été flou, comme une hésitation au-dessus du vide.

Il avait été calme sur la plage, peut-être craignait-il de se donner en spectacle devant la femme à moitié nue sous le soleil froid, mais à présent, seul avec Delphine dans la voiture, Denis se retenait de hurler. Cet espace clos et familier lui donnait envie de taper sur sa femme, pour voir ce qu'il en sortirait, comme on fait exploser l'intérieur d'un fruit à l'écorce épaisse, une douceur prise dans la carapace. Ses doigts étaient presque blancs sur le volant qu'il tenait avec force et sentait prêt à céder sous la tension, il aurait pu en briser le bois tout comme il aurait pu briser les jolis os de Delphine, les vertèbres qui formaient cette ravissante colonne vertébrale, souple, tellement libre. Mais elle était comme un roseau, indestructible, indéracinable, à côté d'elle il ressemblait à un athlète moins doué qui doit travailler dix fois plus que les autres et dont la faiblesse devient une force, et la rage une seconde nature. Un concurrent lui avait dit une fois qu'il avait « la niaque des enfants de pauvres ». C'était faux. Denis était riche et l'avait toujours été. Il ne rattrapait aucune enfance nécessiteuse et le luxe ne le faisait pas rêver, puisqu'il l'avait toujours connu. Il n'y avait pas d'orgueil, aucune suffisance à posséder, simplement une aisance à se mouvoir dans ce monde protégé des fortunés, des bien-nés qui ont le travail dans le sang, tels des chevaux de course élevés et aimés pour ça : gagner. Denis pourtant s'était forcé à cette vie-là, ce rôle de mari tout-puissant auquel il avait cru, en tombant amoureux de Delphine, pouvoir échapper. Il avait pensé qu'elle serait sa seule chance de sortir sa vie de l'ornière toute tracée de la bourgeoisie et du business, et il avait raison : Delphine aurait pu vivre une vie simple avec un fils de bonne famille renié par les siens pour avoir choisi une autre voie que celle des affaires et du CAC 40, et ils avaient vécu leurs premières années dans un quotidien qui leur paraissait bohème parce que modeste, romantique parce que sans luxe... Très vite pourtant ils avaient eu envie d'autre chose. La maison à Coutainville avait été le moteur d'un besoin d'argent qui allait devenir leur préoccupation principale. Ainsi étaient-ils passés des premières années de mariage affranchies de la tutelle familiale, à celles de parents dont les rêves de maison au bord de la mer, d'appartement haussmannien et de tout ce qui peut rendre la vie douce, protégée et facile, étaient pressants. Et pour finir, l'argent était devenu une habitude. Ils avaient rattrapé comme tant d'autres avant eux, ce milieu familial qu'ils avaient boudé un temps. L'argent, ils l'avaient dans le sang.

Denis arrêta sa voiture en bordure d'un champ. Des boîtes de conserve rouillées étaient posées sur les rondins de bois qui le délimitaient. Un poney et un âne broutaient avec accablement le pré au vert encore si vif pour ce plein été. Il avait tellement plu. La nature était gorgée d'eau et ils marchaient sur un sol étrangement marécageux. Des pucerons voletaient devant le pare-brise et le soleil donnait enfin sa vraie clarté au paysage qui dans cet éclat semblait plus net et plus vaste. Il se tourna vers Delphine, elle se préparait à sa colère et ses yeux bleus avaient quelque chose de minéral, une froideur de combat.

— Tu tournes autour du pot, dit-il, depuis qu'on est arrivés tu veux dire une chose et tu n'oses pas.

Elle sentit son cœur partir au galop, propulser dans tout son être des litres de sang à une vitesse accélérée, comme si au lieu d'être assise dans la voiture elle avait couru longtemps, et courait encore, et son cerveau envoyait de fausses informations : elle était essoufflée et immobile pourtant, rouge d'émotion et impassible. Elle voulait lui dire. Cette vie qu'elle voyait passer sans pouvoir la rattraper. Ses enfants qui lui échappaient comme de l'eau dans les mains. Lui dire, oui, mais pas là, pas dans cette voiture au bord d'un champ comme entre deux portes, une fois encore. Elle avait besoin d'espace, de temps, ils méritaient bien cela, non ? Ils s'étaient aimés avec une foi ardente, un étonnement heureux, et elle avait pleuré une fois de tant de bonheur, elle se souvenait c'était ici, dans la maison de Coutainville dans laquelle ils étaient seuls tous deux. Elle préparait à manger et avait éclaté en sanglots, elle était sortie de la cuisine en courant pour le rejoindre dans le jardin, se jeter dans ses bras et pleurer de panique et d'émotion. « Je ne sais pas quoi faire avec tout ce bonheur… Je ne sais pas quoi faire… » Elle avait pleuré de frayeur plus que de joie, et maintenant elle avait envie de le remercier. Pour ça. Cette fulgurance effrayante du bonheur, que peu avaient eu la chance d'éprouver.

— Je voudrais monter à cheval encore une fois. Avec toi…, dit-elle tout bas.

Le rire de Denis éclata sans qu'il le voulut, comme s'il avait reçu un coup de poing dans le ventre. Il la regarda, effaré et déçu. Le silence dans la voiture était aussi opaque que s'ils se fussent trouvés dans un caisson, un monde à part et étanche, et le soleil derrière la vitre chauffait cet espace clos. Ils ressemblaient à deux insectes capturés et manquant d'air. Dehors pourtant il ne devait pas faire si chaud et le petit vent n'était pas encore retombé qui faisait se balancer doucement les boîtes de conserve renversées sur les rondins de bois. Delphine ouvrit la portière et sortit de la voiture, qui parce qu'elle était garée sur ce petit terre-plein la força à s'extraire avec effort, elle aurait voulu pourtant partir vite et avec éclat, quitter Denis sans difficulté. Elle marcha droit devant elle, tentant d'évacuer tout sentiment, désirant ne rien ressentir, n'éprouver ni douleur ni satisfaction, pas même un regret, décider qu'il ne se soit rien passé, prévoir le repas du soir, commencer mentalement une liste de courses, se réfugier dans un espace mental neutre. Quand elle entendit la portière de la voiture claquer, elle sut qu'il allait la rejoindre et elle décida que le temps de la souffrance était révolu. Elle se tourna vers lui, elle était prête. Et elle attaqua la première, comme une parade :

— Tu vas faire quoi ? lui demanda-t-elle de cette façon qui signifiait : « Je sais très bien ce que tu vas faire, mais oseras-tu ? », elle aurait pu susurrer entre ses dents « Vas-y… ! Allez vas-y approche… ! Allez approche… ! », car elle se sentait face à un animal dangereux qui avait cessé pourtant de lui faire peur.

Oui, elle possédait un effrayant instinct de survie et pouvait se protéger de tout, même des coups de

Denis. Il l'avait frappée, il y avait presque un an, une terrible et inhabituelle crise de jalousie. Une gifle, et puis une autre, et puis plus rien. La terreur qu'il avait ressentie, la haine de lui-même, et la colère aussi de ce qu'elle lui avait fait commettre, de là où elle l'avait amené. Ce qu'il était devenu. A cause d'elle. Et maintenant, au bord de cette petite route de campagne, cette pureté de l'air et la mer si proche, il avait juste envie de lui dire de faire attention, car elle marchait trop près de la route et les voitures roulaient vite.

— Tiens, tiens ! Les Parisiens sont de retour, je me disais aussi !

Hervé était là. Il était arrivé sans bruit sur son vieux vélo qui était sa fierté, car il était riche, le notaire de Coutainville qui avait une Bugatti dans son garage mais se déplaçait sur ce vélo rouillé, comme si cette désinvolture l'eût dédouané d'une vie ennuyeuse et convenue. Il faisait partie de ceux qui, ne vivant pas à Paris et le regrettant, clamaient sans cesse leur bonheur de vivre à l'air pur et sans stress, de posséder un potager, une femme qui ne se maquillait jamais et des enfants survitaminés (lesquels enfants vivaient depuis longtemps dans d'autres capitales, Londres ou New York le plus souvent). Hervé portait invariablement des polos Lacoste bleu clair et des bermudas à carreaux. Il était toujours bronzé et perdait ses cheveux à regret. C'était un bon partenaire de tennis, toujours partant pour les doubles et travaillant avec la conscience d'un jeune élève ses éternels et lamentables services qu'aucun exercice pourtant n'améliorait. Et il avait surgi entre Denis et Delphine tel un médiateur neutre qui anéantit tout espoir de lutte. Eux se tenaient immobiles et muets, gênés comme s'il les avait surpris dans leur intimité, deux partenaires qui se réajustent à la hâte, se recoiffent avec les doigts et prennent des mines dégagées.

— J'ai vu Nicolas et Marie ce matin, qui faisaient des courses, ils vous ont dit ?

Tous deux s'approchèrent de lui lentement, des pas engourdis, difficiles, et il descendit de son vélo pour les embrasser, il sentait la lotion au goudron qu'il passait chaque matin sur son crâne clairsemé, on aurait dit qu'il était passé par une zone en travaux et traînait avec lui l'odeur du bitume brûlé.

— Je vais réserver un court de tennis pour 15 heures, qu'est-ce que tu en dis ? demanda Denis.

Hervé eut une petite grimace qu'il voulait malicieuse, il ressemblait à un vieil enfant ridé.

— Je vais demander à la patronne, dit-il, 15 heures ça me semble un peu tôt : il y a ses parents !

— Les parents de Babeth sont là ? demanda Delphine d'une voix enrouée.

Elle se racla la gorge, tira sur son pull rose, et tenta de se concentrer.

— La maison est pleine ! dit-il avec un accablement satisfait, les enfants sont là, avec conjoints, fiancés... tout le bazar ! Diplomatie, mes enfants, diplomatie 24 heures sur 24, pour que tout ce petit monde cohabite... Vous verrez ! C'est pas simple !

Hervé et sa femme étaient plus âgés que Denis et Delphine et avaient eu leurs trois enfants très tôt, aussi avaient-ils pris l'habitude de leur parler comme à deux personnes toujours en retard qu'il fallait tenir informées de l'évolution des choses.

— 16 heures, proposa Denis.

— 16 heures c'est parfait ! Les grands-parents feront la sieste, les couples seront à la plage… Temps mort ! Vous verrez : il en faut !

N'y avait-il rien de plus triste, pensaient Delphine et Denis, que cette conversation avortée, cette confrontation qui n'avait pas eu lieu et se concluait par ce rendez-vous au tennis avec Hervé ? Le temps passait et cela demeurait inchangé : les habitudes amicales qui du rite viraient à l'obligation, puis à la corvée. Mais n'était-il pas rassurant aussi de constater à quel point certaines personnes ne ressentent pas la douleur de vivre ? Elles nous entourent comme de vieux animaux familiers aux sens émoussés et ne perçoivent ni notre amertume ni notre peine. Oui, Delphine et Denis pensaient la même chose, au même moment. Mais comment l'auraient-ils su ?

— Mais j'avais mal compris ! Un douanier israélien qui parle anglais il a pas franchement l'accent de la City, tu comprends ! dit Marie.

Tous autour de la table se mirent à rire, à contester joyeusement.

— Parce que tu connais l'accent de la City ? demanda Lola.

— Mais le type me demande : « Do you have a gun ? » A gun ! Un pistolet. Moi c'était la première fois qu'on me posait cette question et j'entends « Do you have a guy ? ». Un « mec ». C'est normal, non ? Vous auriez fait quoi à ma place ?

Denis regardait ses amis rassemblés sous le grand pin, le soulagement qu'il avait ressenti à les retrouver après cette scène avec Delphine. Ils étaient la preuve que l'on pouvait être bien avec lui, il était un homme que l'on avait envie de suivre. Nicolas semblait pour un temps avoir oublié Dimitri, il enlaçait Marie, un bras posé sur ses épaules, tout en prenant les autres à témoin. Il avait la voix d'un homme soulagé, un peu éméché aussi :

— Les amis ! Les amis ! annonçait-il : Je vous signale quand même que le « guy » en question c'était moi !

Et il ouvrit les bras tournant un peu le buste pour se présenter à tous :

— Beau bébé, le « mec » de madame ! 55 ans, 80 kilos, toutes ses dents et… ! Je dois dire – n'est-ce pas mon amour ? – toujours dispo, surtout le matin !

Marie lui donna une petite tape, tous rirent, commentèrent un peu, Denis ouvrit une autre bouteille et les servit, même ceux qui disaient ne plus en vouloir. A l'autre bout de la table Alex les regardait, souhaitant faire partie du cercle mais s'en sachant exclu, les adultes formaient une boule de lumière bruyante et désordonnée, et leur excitation était un peu inquiétante.

— Marie ! Marie ! criait-il à son adresse, mais ils ne l'entendaient pas, car il n'était pas seulement en bout de table, il était « avec les enfants », autant dire en dehors.

— Marie ! Marie ! répétait-il avec une voix haut perchée.

Marie finit par l'entendre, lui demanda ce qu'il voulait et il eut un peu peur soudain que sa question soit ridicule, car apparemment tout les faisait rire, il osa cependant demander si elle avait répondu que oui, elle avait un gun, un pistolet, après avoir confondu avec « guy ».

— Elle a dit oui et on n'a jamais pris ce foutu avion ! répondit Nicolas à la place de sa femme. On a été fouillés, interrogés et on a fait des progrès en anglais !

Et oubliant Alex il se tourna vers les adultes :

— Eux ont sacrément rigolé je dois dire !

Et les rires, les remarques ironiques, les accolades brèves, reformèrent l'anneau lumineux qui les entourait.

— Ça y est, t'es content ? demanda Jeanne à Alex avec colère, car s'il avait obtenu une réponse il n'avait pas su capter leur attention, il était bien trop pâle pour eux, il buvait de l'eau et personne ne l'admirait.

Eux se guettaient et ne se lâchaient pas, ils jetaient et rattrapaient les mots comme un ballon lancé pour une partie et Alex se demanda s'il aurait leur âge un jour. Puis il les détesta avec le même courage qu'il avait eu à poser sa question, et décida de ne plus jamais leur adresser la parole et de grandir jusqu'à ce qu'ils deviennent très vieux et ne veuillent plus rien dire. Et un jour il serait celui qui sert du vin sous le grand pin.

Denis s'efforçait à ne jamais regarder Delphine, même quand elle parlait, mais elle parlait si peu. Elle s'occupait de tout, faisait des allers et retours incessants à la cuisine, veillait à ce qu'il ne manque rien, et il savait que l'attention soudaine qu'elle portait à toute chose était le signe de son éloignement. Elle était omniprésente, comme un tricheur qui prépare un mauvais coup et le masque par une honnêteté soudaine et outrée. Elle en faisait trop. Avait-elle l'intention de le quitter ? Avait-elle rencontré quelqu'un ? Pas seulement pour une nuit ou quelques semaines, quelqu'un avec qui s'inventer une romance, un futur ? La façon la plus commode, après tout, d'éviter la réalité. Oh, elle peut bien partir chez un autre, songea-t-il, surpris lui-même par son calme, après tout cette vie à deux est tellement minable et ne sert à rien, et puis on s'habitue à tout et il s'habituerait à recevoir ses amis sans elle, à rentrer dans une maison sans enfants, à les voir un week-end sur deux, tant d'autres le font, tant d'autres souffrent, pourquoi pas lui ? Il la regarda, lisse comme une femme posant pour un peintre, économe de ses mouvements et de ses expressions, demeurant celle que l'on voulait qu'elle soit et n'en déviant pas. Ainsi, son amour pour elle n'avait rien empêché. Ni l'argent. Ni les enfants. Elle ne m'aime plus… Elle ne m'aime plus ? Et alors il se dit qu'il en avait assez de vivre sans tendresse. Cette réflexion le surprit lui-même et il en fut étonné, et heureux aussi, il s'en réjouit comme d'un projet, merde il avait sacrément besoin de ça : la tendresse ! Et ça pouvait arriver, pas le bonheur, rien à fiche du bonheur il était trop vieux et il savait trop de choses, mais être un tout petit peu aimé…

— Denis, tu m'écoutes ?

— Hein ?

Il entendit les rires autour de lui, et regarda ses amis avec la joie étonnée du dormeur qui se réveille sous un arbre.

— Tu m'écoutes ? répéta Samuel.

— Il t'entend mais il ne t'écoute pas, dit Delphine sans le lâcher du regard cette fois.

— Va chercher les fruits au lieu de dire des conneries.

Denis n'avait pas voulu dire ça. Mais il l'avait dit et tous demeurèrent surpris, suspendus à cette humeur soudaine, et le silence s'installa avec force ; une gêne douloureuse.

— Je te demandais si ça t'intéresserait toi, en tant que PDG d'Intercom, de prendre des parts dans cette souscription que ma boîte lance sur internet pour les réseaux de télécommunications au Mali, tu sais ? demanda finalement Samuel.

— Ouais… Mais pourquoi pas… Bien sûr… Qui veut du saint-joseph ? Ah mes enfants il faut le finir ! dit Denis.

Ils tendirent leurs verres, parlèrent trop fort, tentant d'oublier le malaise qui avait précédé, décidant d'y penser plus tard et même pourquoi pas, qu'il n'avait pas eu lieu. Lola prit la main de Samuel dessous la table. Il avait marqué un point. Il les avait tirés d'un mauvais pas. Mais tandis qu'elle tenait la main de son amant, elle regardait Delphine, et celle-ci la regarda à son tour. Cela dura si peu, quelques secondes, qui disaient tout. Et puis elles se détournèrent l'une de l'autre et chacune avait compris. Certaines choses ne peuvent tout simplement pas durer.

— Il fait chaud, c'est incroyable comme ça s'est réchauffé d'un coup, dit Nicolas.

— Sur la Côte d'Azur ils ont 40, j'ai entendu ça à la radio, ici c'est tenable, c'est parfait !

— Depuis combien de temps on n'a pas eu un 14 juillet comme ça, non mais franchement !

— Tu me passes les raisins ? Passe-moi les raisins…

— Il t'a dit quoi Hervé ? 16 heures ou 17 heures ?

— 16 heures.

— Qui prend des cafés ?

— C'est 18 heures le mieux, 16 heures non mais franchement c'est nul !

— Je ne me mets pas avec lui ! Pas question qu'on fasse les mêmes équipes que l'an dernier, je vous le dis tout de suite !

— Mais commence pas à faire chier ! Bon, alors tout le monde prend du café ?

Les enfants avaient quitté la table sans débarrasser, mais qui le remarquerait ? Alex et Enzo partirent jouer à la Xbox, mais qui leur reprocherait de s'enfermer par ce beau temps ? Jeanne avait décampé lorsque son père avait mal parlé à sa mère. Et décidé qu'elle s'en fichait. Rose n'avait pas bougé. Elle avait chaud et avait retiré son sweat-shirt à capuche. Sous son tee-shirt à l'effigie de Kate Moss et de son doigt d'honneur, elle cachait tant qu'elle pouvait ses seins lourds et encombrants. Elle regardait les adultes. Ils faisaient tant d'efforts. Ils tenaient tellement les uns aux autres. Est-ce qu'ils savaient à quel point ils avaient de la chance ?

Oui, Samuel avait marqué un point. Il avait pratiquement sauvé le repas. Et Lola avait serré sa main sous la table, un geste qui l'avait ému parce qu'il était caché. Il s'était senti son allié. Il avait pensé qu'elle était contente de ne pas être seule au milieu de ses amis en couple, et fière aussi de l'homme qui l'accompagnait. Aussi après le café, alors que la femme de ménage était venue s'occuper de tout et que chacun partait de son côté, il avait pensé qu'elle accepterait de monter avec lui dans leur chambre-bateau et d'y faire l'amour, délicieusement engourdis par le vin et le soleil. Au lieu de quoi elle lui avait dit qu'elle voulait aller au havre de Regnéville, voir la rivière rejoindre la mer, à la pointe d'Agon. Denis lui prêtait la vieille Jeep qu'il laissait au garage. Il avait insisté pour l'accompagner et avait eu droit à un de ces regards qui se voulaient gentils mais exprimaient un dédain amusé. Tout juste si elle ne lui pinçait pas la joue. Si elle ne le gratifiait pas d'une petite tape sur la nuque. Il faudrait que cela change. Lorsqu'ils seraient mariés il s'autoriserait à lui donner des conseils, à lui faire des remontrances qui signifieraient une complicité totale, un soin constant de l'un pour l'autre et les droits aussi que l'on a envers son conjoint. C'est cela la force d'un couple. Empêcher l'autre de vaciller, faire des conneries ou se perdre. Il se sentait fort. De tout l'amour qu'il lui donnerait. De toutes les protections dont il l'entourerait. Il avait presque envie d'en découdre, il était dans les starting-blocks et son sang bouillait, il aurait pu courir encore sur la plage s'il n'avait pas fait si chaud, ou se baigner si déjà la mer ne se retirait. Il appela son frère aîné, pour lui dire son bonheur, lui annoncer qu'il vivait avec une reporter de guerre, une envoyée spéciale au Moyen-Orient, même si c'était un temps révolu, même s'il avait connu Lola bien après qu'elle avait arrêté ces reportages de guerre. Mais il était fier de ce temps-là, bien plus que de ses émissions actuelles, le temps qu'elle passait à écouter le silence, « les silences », comme elle disait, et tout ce qui en surgissait. Mais son frère aîné ne répondit pas et sur la messagerie Samuel bafouilla simplement qu'il était chez des amis au bord de la mer et qu'il lui souhaitait un beau feu d'artifice. Il se mordit les lèvres de honte après avoir dit cela : un beau feu d'artifice ! Quelle connerie ! Ce serait pour lui les minutes précédant sa demande en mariage, mais pour son frère c'était juste un truc de plouc et il pouvait l'imaginer soupirant avec découragement en écoutant le message, et si sa femme lui demandait qui c'était, il soufflerait : « Oh rien… Mon frère… », comme un professeur se coltinant depuis des années le cancre du lycée. La maison était si calme, le jardin désert, Samuel ne savait que faire de lui, il ressentit à quel point il était nouveau dans la maison, n'en connaissant pas les habitudes, n'y ayant aucun repère. Il avait besoin d'une mission, rendre service, être utile à quelque chose et soudain il en voulut à Lola de le laisser seul, il faisait chaud dans cette chambre sous les toits, sans doute pour ça qu'elle y avait refusé la sieste, il était relégué là-haut, comme un bleu ! Qu'aurait-elle pensé du silence qu'il sentait si fort à présent, compact dans cette chaleur moite, et qui disait que chacun vivait fort, en secret, mais pas au même étage que lui ?

Lola avait roulé seule, dans le vent, les soubresauts et le bruit du vieux moteur de cette Jeep qui sentait la rouille et le chien mouillé. Le soleil brillait pour personne, le paysage d'Agon était nu et sauvage, délavé comme un pastel blond. Elle arrêta la voiture près de la Sienne. Frôlant la rivière, les oiseaux passaient vite en criant, les salicornes se balançaient un peu, l'air sentait le varech. Dans l'eau basse de la rivière, les cailloux s'entrechoquaient sous les reflets brouillés. Tout semblait pris dans une fulgurance lumineuse, tout était bref. Lola pensa qu'elle aurait bientôt 40 ans. Allait-elle continuer à vivre comme à 20 ans ? Allait-elle continuer à inventer une vie qui n'était pas la sienne ? Ce matin sur la plage, elle avait rencontré ce vieux monsieur qui regardait l'horizon, les pieds dans l'eau glacée. Il disait qu'il allait avoir 100 ans et Lola ne pensait pas que cela soit vrai, mais cela n'avait au fond pas grande importance, car il était arrivé au bout de ce qu'un homme peut vivre, et il en avait assez. Il avait dit : « J'ai fait mon temps vous comprenez ? » et Lola avait pensé qu'elle n'avait pas fait le sien. Qu'elle ne pouvait continuer à cacher qui elle était. Et aux côtés de cet homme bientôt mort, le passé lui semblait une simple vérité à révéler.

Puis elle rejoignit ses amis au tennis. Sa décision était prise et tout était différent. Il lui semblait que le soleil s'acharnait sur elle, tout vacillait pris dans un halo lumineux qui lui brûlait les yeux. Elle sentait ses jambes trembler comme jamais, même au Liban, en Israël, au milieu de ruines chaudes recouvertes de poussière et de sang, dans les silences inquiétants des ruelles piégées… Tant d'années à jouer les vaillantes, les casse-cou, faisant semblant de s'intéresser au malheur de l'humanité, quelle blague ! Le malheur de l'humanité ! C'était si vaste, comment se sentir concernée ? Et maintenant sa propre vie lui sautait à la figure comme le vieil obus d'une guerre lointaine dont le cœur n'a jamais cessé de battre. Une voiture la dépassa en klaxonnant, le conducteur cria par la fenêtre ouverte : « Regarde où tu mets les pieds, connasse ! » Coutainville avait changé. Ça ne serait jamais arrivé avant, cette vulgarité. Avant tout le monde se connaissait. Mais en entrant dans le tennis-club elle retrouva l'ambiance qui lui était familière. La lenteur avec laquelle les gens se déplacent, détendus et à l'aise, leurs sourires amicaux, les petits hochements de tête discrets, le contentement que chacun éprouve à être ici, pour jouer au tennis, accompagner un enfant à un cours, ou simplement boire un verre. Le club est réservé aux membres et les membres se veulent du bien, chacun par son savoir-vivre et son élégance est le miroir des autres. Derrière les hauts cyprès, les lignes des courts de tennis, le bleu du ciel paraissait avoir été tracé d'un coup de pinceau parfaitement maîtrisé, un élan génial. Unique.

Samuel, Hervé, Nicolas et Denis disputaient un double. Samuel jouait avec Hervé, il était le nouveau que l'on est content de refiler au perdant, il permettait à la partie d'avoir lieu et devait s'en contenter. Lola les regarda jouer. Samuel ne s'en sortait pas trop mal, l'âge lui donnait un sacré avantage. Il était détendu, ses gestes étaient plus lents et plus assurés que ceux de ses adversaires, on voyait le plaisir qu'il ressentait à accompagner la balle de gestes larges qui lui coûtaient peu d'efforts. Il envoya un clin d'œil à Lola qui lui sourit par réflexe, loin de lui déjà, étrangère à leur histoire, se demandant même si elle avait eu lieu et sachant que si c'était le cas elle n'en garderait aucune trace. Ce garçon était gentil et doux, il voulait toujours faire de son mieux et il vivait avec elle comme il jouait au tennis, participant de tout son être et dissimulant ses efforts derrière une détente de façade. Mais à quoi tout cela servait-il ? Lola savait ce que Samuel ignorait : il jouait sa dernière partie de tennis à Coutainville. Il prenait pour rien ses habitudes avec Denis et Nicolas, cigares, flippers et compagnie… Il misait sur un avenir et une amitié qui n'auraient pas lieu. Demain il retournerait à sa boîte de com, ses copains trentenaires et ses Noëls à Mâcon. Bon débarras ! Ras le bol d'être aimée pour ce qu'elle n'était pas. Et il lui sembla tout d'un coup, malgré la douleur, que sa vie lui revenait enfin de droit.

Denis se sentait léger. Excité encore par le projet d'une vie nouvelle, une vie sans Delphine mais dans laquelle il pourrait être aimé. Comment avait-il pu laisser la situation empirer ainsi, pourquoi avait-il eu si peu d'amour-propre ? Il transpirait sur le court de tennis, il s'essoufflait plus vite que l'été dernier et pourtant il se sentait plus sûr de lui, et il riait quand il marquait un point, tapait dans la main de Nicolas comme au temps de leurs matchs de basket au lycée Chaptal, et Nicolas s'étonnait de le retrouver ainsi, pensant que sa présence à ses côtés était la cause de sa joie, ils formaient une équipe tous les deux, un duo de plus de trente ans, qui pouvait en dire autant ? Et le soulagement de Denis était contagieux, Nicolas sentait la confiance revenir, l'angoisse était partie comme elle était venue, et il s'était refait le film de sa rencontre avec Dimitri : bien sûr que le gamin avait les mains dans les poches, les épaules rentrées, mais il faisait diablement froid ce matin, et sa timidité expliquait sa maladresse. « Je crois qu'on se connaît » ! Les garçons de cette génération ont tellement de mal à s'exprimer correctement, c'était une vraie pitié !

— Mais Nicolas tu fais quoi, là ? Elle était out et toi tu la joues !

— J'étais distrait, excuse-moi, j'étais ailleurs…

— Vous êtes distraits tous les deux, dit Hervé, le mental suit pas !

— Ils ont le soleil dans les yeux, dit Samuel, ils sont désavantagés.

Nicolas et Denis étaient sur le point de perdre le premier set et Samuel était presque gêné de la facilité avec laquelle il pouvait jouer contre eux. Denis n'avait pas la volonté de gagner dont il l'aurait cru capable, à moins que jouer contre lui ne le motive pas. Nicolas et lui se contentaient de peu, se congratulaient pour des points facilement gagnés, ils ressemblaient à deux rêveurs dans une cour de récréation, qui parient les mains dans les poches, heureux et si peu concernés.

Entre deux jeux, Denis et Nicolas allèrent prendre les bouteilles d'eau laissées par terre avec les housses et les serviettes. Nicolas avait chaud, et mal à la jambe, la partie lui échappait, il avait envie de perdre et de rejoindre Marie.

— On va perdre, dit-il, on dira qu'on les a laissé gagner. Par politesse. Hein ?

Denis allait répondre : « Jamais Delphine ne croira ça », et puis il réalisa qu'il ne dirait sans doute pas le score à Delphine, que dorénavant tous ses réflexes devaient changer, ses références aussi, et il eut l'impression d'être dans une salle de bains dont on avait ôté les miroirs : où devait-il se tourner pour se voir ? Il avait vécu si longtemps dans le regard de sa femme, comment ferait-il pour disparaître totalement à ses yeux ? Et surtout pour s'habituer à ça, cette vie sans vis-à-vis ? Cette vie où il ne serait que son propre reflet ?

— Cette fois-ci, c'est vous qui avez le soleil dans le dos ! annonça Hervé comme s'il était lui-même responsable de cette largesse.

Et il envoya à Samuel un petit clin d'œil complice, tout en faisant tourner sa raquette dans ses mains, il était excité vraiment de gagner cette partie et regrettait que ses gendres ne voient pas ça, comment se maintenait leur beau-père et le bénéfice qu'il tirait d'une vie saine. Samuel lui envoya un sourire contraint, il faisait vraiment très chaud, il avait hâte d'en finir. Hervé rata son premier service. Son second. Il serra les dents en jurant : « Zut ! Et rezut ! », et alors Samuel se sentit totalement démotivé, espérant en secret que son partenaire décline rapidement et qu'au prochain 14 juillet il les regarde jouer depuis un banc, immobilisé par un lumbago. Après un lob, Denis lui renvoya une balle au filet, il courut mais trop près de la balle, ne put la renvoyer. Sous la chaleur, le court de tennis paraissait une pellicule surexposée, l'espace était voilé. Samuel frappa sa raquette contre le sol et jura : « Pute borgne ! Enculé de ta race ! » Le jeu se figea. Tous sentirent que le point perdu n'était pas la seule cause de cette exaspération. Denis et Nicolas le regardaient avec une sympathie nouvelle, ce jeune garçon n'était pas si lisse qu'il le laissait paraître, et on devait pouvoir compter sur lui pour d'autres choses que des bavardages de fin de repas et des courses en ville.

— Je te laisse l'addition chez Ledoyen, murmura Nicolas à Denis. Tu as perdu ton pari : Lola va garder ce garçon.

— Il a des colères de jeunesse, elle va se lasser, comme d'habitude.

— Pari tenu.

— Pardonnez-moi, leur cria Samuel de l'autre côté du terrain, j'ai perdu mon sang-froid… je ne sais pas ce qui m'a pris.

— Tu vois, murmura Denis : il s'excuse déjà ! Il baisse la garde !

— Merde alors, je l'aurais cru plus couillu…

— Allez hop ! Hop hop hop ! dit Hervé avec bonne humeur, 0/30 ! Hop hop hop !

Subitement, comme s'il avait eu une jambe plus courte que l'autre, Nicolas trébucha, trahi par une douleur aiguë à la hanche. Il s'excusa et se tint un instant à grimacer et reprendre son souffle. Jeanne et Rose passaient un peu plus loin, agrippées au bras de Dimitri, et ils semblaient, amarrés ainsi les uns aux autres, se retenir de tomber. Il y avait dans leur trio une maladresse brusque. Nicolas attendit que Dimitri se tourne vers lui encore, et le regarde. Nicolas attendit que se dissipe la douleur. Mais Dimitri ne se retourna pas.

En terrasse, au bar du club, Lola prenait un thé avec Delphine et Marie, et elles les virent passer de loin : Jeanne et Dimitri marchaient bras dessus bras dessous, Rose avait disparu. Rose avait laissé Jeanne avec son ami, sûrement à sa demande. Et elle se promenait entre les courts, dans les allées, pareille aux coquettes des siècles passés, elle se montrait. Comme on donne de ses nouvelles.

— Elle traîne encore avec ce garçon, dit Delphine avec un léger découragement.

— Tu devrais la mettre en garde, dit Lola, les garçons à cet âge-là, tu ne peux pas leur faire confiance. Et lui… ce faux timide… cet exalté…

— Oh, ce serait pire tu sais bien, si elle voyait que je la désapprouve.

— Mais tu ne comprends pas ! Quand ce garçon est venu dans ton jardin, il a dit que le grand pin allait mourir, que le grand pin avait la maladie des aiguilles du pin !

Marie lui jeta un regard de colère déçue, jamais elle n'aurait cru Lola capable d'une telle cruauté. Et elles ne s'étaient pas mises d'accord pour parler du grand pin à Delphine.

— C'est un menteur, dit-elle avec véhémence, et il

n'est pas jardinier, c'est un amateur qui se balade chez les uns et les autres…

— Tais-toi.

Delphine était étonnée, la douleur est toujours étonnante. Un coup auquel on ne s'attend pas. Elle leur en voulait de n'avoir rien dit, de lui avoir menti en omettant la prédiction de Dimitri, et plus cette prédiction lui semblait ridicule et outrancière, plus elle en ressentait pourtant la vérité. Et il lui paraissait presque normal que le grand pin soit malade, qu'il dépérisse et que l'on doive, un jour ou l'autre, se résoudre à l'abattre. Elle regarda Jeanne assise maintenant sur un banc, aux côtés de Dimitri, et c'était si étrange, sa petite fille devenue grande et se baladant avec de jeunes prophètes, des êtres pleins d'obscurité et de sueur.

— Et c'est quoi cette maladie ?

— Des champignons qui se sont développés, à cause des pluies de cet hiver. Mais il pleut tout le temps en Normandie, non ?

— Enfin bref, tu achètes un fongicide et c'est fini, tu traites un bon coup et c'est enrayé, dit Marie avec l'aplomb de celle qui ferme un dossier.

Delphine regarda le bleu du ciel qui donnait envie de s'y reposer. Il était d'une douceur impalpable qui le rendait inoffensif, presque neutre.

— Il faudra avertir Denis, dit-elle. Sans le grand pin, la maison ne vaut plus rien, parce que sans lui… sans cet arbre… bien sûr sans lui le jardin est ridicule, bourgeois, convenu, autant tout détruire et creuser une piscine et alors on sera comme les autres, bronzés et stupides à jacasser au bord de la piscine dans ce jardin bétonné et bruyant, sans le grand pin c'est tellement idiot tout… Tout est trop con, vraiment !

Elle se leva et partit. Sans le vouloir elle avait renversé sa tasse et Lola s'écarta brusquement pour ne pas être ébouillantée. Elle n'avait pas besoin de regarder Marie pour savoir à quel point celle-ci lui en voulait, se retenait de la traiter de pauvre idiote écervelée, se retenait mais ne s'autoriserait pas à l'insulter, car peut-on insulter quelqu'un qui la nuit précédente vous a prêté autant d'argent ?

— Comment s'appelle ce fongicide ? demanda-t-elle sans conviction.

— Je crois qu'il s'appelle : « ta gueule ». Qu'est-ce qui te fait sourire ?

— Ta colère. Comme si tu devais forcément t'accorder à l'humeur de Delphine. Si elle m'avait remerciée de lui avoir annoncé la maladie du grand pin et avait filé acheter ce fongicide… dont je ne sais plus le nom, tu aurais été un tout petit peu honteuse de ne pas lui avoir dit toi-même, car tu laisses l'arbre en grand danger. La plus courageuse, Marie, ce n'est pas celle qui se tait.

— Je me suis acheté le maillot à fleurs, finalement.

— Deux pièces ?

— Très drôle !

— Quoi ?

— Ecoute, c'est ce que je voulais, le deux pièces, mais j'y suis allée avec Nicolas, et quand je lui ai montré le modèle, il a tout de suite pris le une pièce en me demandant de l'essayer. Et c'était un quarante-deux ! Ça te fait marrer ?

— Mais tu n'as qu'à arrêter de lui demander tout le temps son avis ! Comment tu veux le surprendre, si tu lui demandes toujours son avis ?

— Mais qui t'a dit que je voulais le surprendre ?

— Toi ! Cette nuit, dans la cuisine.

— Tu n'as rien écouté, je t'ai dit que je voulais ME surprendre.

— Oui mais te connaissant, hein, ça revient au même. Vu l'état de fusion pathologique de votre relation.

— Mais qu'elle est jalouse ! J'y crois pas !

Et puis elles se turent, rassurées, profitant du soleil et du goût du thé tiède maintenant, qui sentait les fruits rouges et le carton mouillé. Un thé qui devait dater de l'été dernier. Sur le banc, Dimitri et Jeanne ne se parlaient pas, accablés par la chaleur, comme s'ils n'avaient pas eu 16 et 20 ans, mais étaient deux anciennes silhouettes, stupéfaites de ce beau temps qui s'était trompé de pays et posé par étourderie en Normandie. A Coutainville. Sur leur banc précisément.

— J'ai envie de jouer au tennis, dit Lola.

— Pas moi. Le short très peu pour moi, j'ai trop grossi.

— Je suis sûre que Dimitri sait jouer.

— Lui ? Tu délires ! Il sait à peine se déplacer, comment saurait-il jouer au tennis ?

— Je croyais que tu l'avais vu nager comme un dieu.

— Qu'est-ce que tu lui veux ?

— J'ai envie de faire sa connaissance, savoir avec qui Jeanne passe ses journées. J'ai envie de le regarder je crois. De près. Oui, j'ai très envie de le regarder de près.

— Laisse tomber, tu n'es pas sa mère, c'est à Delphine de régler ça.

Lola s'adossa au dossier de sa chaise, fatiguée, rattrapée par l'effroi qui l'avait saisie ce matin, quand elle tentait d'imaginer les orphelins devant leurs bols de lait chaud, cette image qui se dérobait, puis s'imposait, et pour finir, gardait son mystère.

— Il est laid, dit-elle doucement en regardant Dimitri qui se grattait la cheville, dans une petite grimace contrariée, et Delphine a raison, si le grand pin meurt nous ne viendrons plus jamais ici, sans le grand pin nous serons semblables aux autres, on n'a jamais été semblables aux autres, hein ?

— Je ne sais pas... Je ne crois pas... Non. Non, jamais. Comment peux-tu penser ça ?

Nicolas s'approchait, il boitait et semblait agacé par la douleur, son visage avait l'expression essoufflée d'un grand nageur venant de perdre son titre. Marie alla à lui, tendre et souriante, pleine déjà du réconfort qu'elle allait lui procurer, et Lola les entendit parler de consultation, de rendez-vous. Eux, avaient une solution. Et ils étaient ensemble. Elle rejoignit Jeanne et Dimitri sur le banc.

— Il fait chaud, je vous offre un verre ?

Jeanne se leva d'un bond, pareille à une femme qui a attendu des heures dans une salle d'attente et que l'on appelle enfin. Dimitri l'imita en balbutiant un « merci » un peu rauque.

Dimitri avait ouvert le parasol et ainsi tous trois sous son ombre ronde et délimitée, ils se sentaient protégés, non seulement du soleil, mais de cette légère paresse qui s'était emparée maintenant des membres du club, car si la chaleur avait été accueillie avec une joie satisfaite, à présent chacun ressentait ce qu'elle avait de lourd et comme elle entravait les élans des joueurs. Elle durait trop longtemps.

— Rose n'est pas là ?

— Alex lui apprend à tenir une raquette ! Ils font du mur.

— Et vous Dimitri, vous jouez ?

Il hésita, son regard erra un moment sur les tasses et le bord de la table, il avançait ses lèvres fines comme un enfant buté, son long buste donnait des petits coups dans le vide.

— Alors ? Tu joues ou non ? lui demanda Jeanne.

Il partit d'un rire léger, presque féminin, ses cils battaient vite, il passa la main sur sa nuque :

— Oui, dit-il finalement. Oui, je joue au tennis.

Il semblait fait de rien. D'un peu d'eau et de lumière, ses gestes lui échappaient et on aurait dit qu'il ne connaissait pas son visage. Ni sa laideur passagère. Ni sa puissance.

— Vous venez d'où ?

— Il te l'a dit hier ! s'exaspéra Jeanne : du Centre !

Et il lui semblait que les adultes ne s'adressaient jamais aux gens de son âge que pour obtenir des renseignements ou vérifier certains critères, comme si la vie des plus jeunes devait sans cesse être ajustée. Elle regarda passer les membres du club, certains la connaissaient et lui envoyaient de petits signes auxquels elle répondait avec un enthousiasme démesuré.

— Je connais tout le monde ici, c'est fou non ?

Et elle se leva pour aller embrasser un petit groupe d'adolescentes maquillées, aux jambes parfaitement bronzées et aux sourires trop larges. Elles se mirent à piailler dès que Jeanne fut à leur hauteur, sautillant sur place, riant par secousses aiguës, et Lola se souvint d'elles : l'été passé elles n'étaient pas maquillées et semblaient plus jolies, plus sûres d'elles aussi. L'été dernier elles pouvaient se déplacer seules, ce qui semblait impossible aujourd'hui, accrochées les unes aux autres comme de jeunes oiseaux lors de leur première migration, excitées et désorientées.

— Je les ai connues toutes petites, dit-elle à Dimitri, je les ai connues avec leur bouée canard et leurs brassards roses… Et leur joie.

Et puis il y eut un temps, doux comme du sirop d'érable, un silence évident, Lola sentait la fraîcheur qui émanait du garçon, il sentait la terre près des ruisseaux, il était insaisissable et posé là par hasard et alors elle lui dit, pour la première fois de sa vie, elle dit : « Moi aussi j'ai eu un enfant. »

Et elle fut effrayée que cela fût si simple et qu'elle ait attendu si longtemps. C'était une phrase courte comme un soupir. Elle avait dit à un inconnu ce qui était le centre d'elle-même. Et il lui semblait que cet inconnu avait compris.

— C'est si drôle de vous dire cela, parce que… vous… vous ressemblez parfois à ce que les gens s'imaginent… vous ressemblez à ce que mon amie Delphine s'imagine des enfants perdus, vous comprenez ? Vous pourriez être l'un d'eux, oh oui sûrement vous pourriez être l'un d'eux.

Il était au bord des larmes à présent, prudent et tendu, le visage tourné vers la cime des arbres et son profil se découpait dans l'air, aigu, fait d'un seul trait. Lola voulait serrer sa main pour lui dire de ne pas avoir peur, mais ses ongles s'enfonçaient dans la paume du garçon et elle sentit qu'elle lui faisait mal. Sa peau était douce et laiteuse, une peau presque neuve.

— J'ai eu un petit garçon. Un si petit garçon… Minuscule… Vous ne pouvez pas savoir…

Jeanne faisait signe à Dimitri de les rejoindre, elle l'appelait avec autorité comme elle aurait appelé un chien qui s'est éloigné :

— Viens ! Viens ici Dimitri !

Et ses amies riaient déjà à l'idée de faire la connaissance du garçon, elles l'évaluaient avec l'assurance de celles qui ont de l'expérience et des goûts sûrs. Il alla à elle maladroitement, renversant sa chaise, et la replaçant il sembla à Lola qu'il lui murmurait : « S'il vous plaît… » Il était plein de précautions et de gêne, comme s'il voulait une chose, la voulait si fort. Sans la demander jamais. Un oiseau immense, aux ailes repliées.

Et il la laissa là, spectatrice de sa vie au moment pourtant où elle en prenait les commandes. Elles étaient deux. Elle. Et son amie intérieure qui lui soufflait : « Mais bien sûr ma belle que tu peux le faire ! Allez, bon Dieu, un peu de culot ! Fonce ! On évaluera les dégâts plus tard. Et si ça se trouve, ce ne sera même pas grave. » C'était une amie qui trépignait, qui s'ennuyait à ses côtés et cherchait à la dévergonder avec une malice impatiente. Lola savait qu'après l'aveu viendrait un autre temps, plus dangereux, et qui portait en lui la promesse de profondes souffrances. D'une joie peut-être. Quoi qu'il en soit elle le ferait, elle écrirait à la DDASS et lèverait le secret de son identité. Car c'est ainsi que les gens se retrouvent. Non ?

Et maintenant que la décision était prise, Marie et Nicolas en riaient comme d'une farce qui aurait réussi. Ils étaient complices un peu impatients, soulagés à l'idée de ce dernier été entravé : l'an prochain, avec une hanche toute neuve, Nicolas aurait dix ans, vingt ans de moins. Ils commandèrent deux coupes de champagne, c'était une folie, mais Marie voulait fêter cette future renaissance. Cependant quand ils trinquèrent à l'opération future, elle sentit combien il était dérisoire de s'enthousiasmer ainsi pour une prothèse de hanche. Leur désir d'avoir enfin un projet était-il si fort qu'ils soient amenés à trinquer au séjour à l'hôpital ? Nicolas vit l'air déçu de sa femme, cette façon presque gênée de regarder sa coupe de champagne au bar du tennis-club, au milieu de tous ces sportifs qui commandaient des Perrier citron et des thés fumés. Ils burent par petites gorgées timides, constatant leur silence avec un peu d'amertume. Puis Marie dit doucement :

— Lola m'a prêté de l'argent.

— Tu as demandé de l'argent à Lola ?

« Et voilà ! pensa-t-elle, la déception ! L'outrage ! » Et elle lui en voulait de ne s'être aperçu de rien, de vivre dans un monde où l'on se contentait de peu et dans lequel elle n'était plus jamais traitée en femme unique et adorée. Et s'il lui arrivait de la flatter, c'était par étourderie. Des compliments comme d'anciens réflexes, car il ne la regardait pas.

— Oui, j'ai demandé de l'argent à Lola, parce que je n'ai plus de travail, plus d'allocation chômage, que bientôt être intermittente du spectacle sera ma dernière ambition, parce que j'ai vieilli, j'ai grossi, je dors mal et quand je dors je tombe dans un gouffre et le matin je me lève d'un bond, pas par enthousiasme, mais pour fuir l'angoisse. Et je ne sors plus de peur qu'on me demande « ce que je fais en ce moment ». Au début je répondais que j'avais des projets dont je ne parlais pas, par superstition, quelle blague ! Après je répondais que je tournais en Hongrie, en République tchèque, mais que les films n'étaient pas diffusés ou que les pièces ne tournaient pas en France, et puis j'ai arrêté de sortir et je ne mens plus. Je me tais. Et je n'ai pas envie de jouer les grand-mères !

Ce n'était pas cela qu'elle voulait dire. Sa vie était moins grise que le tableau qu'elle venait d'en faire, et elle détestait le statut de victime dans lequel elle s'était enfermée en parlant ainsi comme une femme un peu dépravée, sans dignité. Lui le savait. Il la connaissait : toujours la colère rendait Marie de mauvaise foi, et elle bougonnait des lieux communs, des tristesses qui appartenaient à d'autres.

— Tu aurais pu m'en parler avant, dit-il à regret.

— Tu aurais pu le deviner.

— On aurait pu s'arranger, pour l'argent.

— Et comment ?

— Je ne sais pas. J'aurais trouvé.

— De toute façon, c'est pas ça l'important.

Non. Ça n'était pas ça l'important, il le savait bien. L'important c'était son silence à lui, depuis trois ans cette pierre posée sur son ventre. Pas un jour sans qu'il pense au suicide de Kathie Vasseur, qu'il se retienne d'aller au cimetière et lui porte des fleurs, blanches, rouges, sauvages et fraîches comme s'il les avait cueillies lui-même. Mais lui, Nicolas Larivière, était le seul qui n'avait pas le droit de poser un bouquet sur sa tombe, près de la croix et la date de sa mort dont il était responsable. Directement responsable ? Indirectement ? Cela ne voulait rien dire, la responsabilité ne connaît pas de détour.

Marie s'en voulut d'avoir gâché ce moment, la coupe de champagne au bar du club. Depuis longtemps Nicolas était plus gai avec les autres qu'avec elle-même. Il n'y avait plus de fierté dans sa voix quand il parlait d'elle, leur complicité était devenue fraternelle, et depuis peu leurs étreintes égoïstes, toujours prévisibles. Nicolas vit les larmes pointer à ses yeux, c'était plus qu'il n'en pouvait supporter. Chaque chagrin de sa femme lui était une défaite personnelle. Chaque déception le faisait douter et cela le rendait fébrile, aux aguets comme un animal triste.

— Ne pleure pas ma chérie, ma chérie si tu savais…

— Quoi ? demanda-t-elle pleine de chagrin et d'espoir.

— Comme je t'aime.

Puis il se racla la gorge, gêné et confus. Il avait dit la vérité pourtant. Il aimait Marie plus que tout, elle était sa seule raison de vivre, la dernière à le voir comme celui qu'il aurait aimé être. Il se raccrochait à elle comme un enfant à une icône, une sainte un peu miraculeuse, il craignait de la perdre et d'être désaimé d'elle comme on craint de se perdre dans un pays hostile. Il y eut un léger remue-ménage, Jeanne et ses amies entraient dans le bar, accompagnées de Dimitri, comme garant de leur féminité, et d'être avec ce garçon avec lequel aucune d'entre elles pourtant n'aurait souhaité flirter, les rendait arrogantes et rassurées. Il ne les intéressait qu'ensemble et Jeanne déjà ne s'accrochait plus à son bras, le laissait de côté comme un accessoire, un joli sac à main qu'on exhibe puis dépose au vestiaire. Et le garçon se tenait au milieu d'elles, nécessaire et oublié. Il envoya à Marie et Nicolas un sourire contraint, et Marie fut saisie d'un élan de pitié, reporta sur lui la tristesse qu'elle ne pouvait exprimer pour elle-même. Elle lui fit signe de les rejoindre. Nicolas ne put s'empêcher, lorsqu'il s'assit en face d'eux, de se reculer un peu.

— Les filles entre elles…, dit Marie en signe de compréhension, les filles entre elles…

Et soudain elle regretta de l'avoir appelé, elle avait vraiment l'âme d'une infirmière, allait-elle s'occuper de lui, aussi ?

— C'est quelque chose, dit Nicolas pour terminer la phrase de sa femme.

Et alors cette phrase leur parut tellement cliché qu'ils rirent ensemble, un petit rire qui mourait avant d'avoir commencé, une fin de joie effilochée et sans entrain. Dimitri les observait calmement, un regard tranquille qui semblait chercher un mot, une définition correspondant à leur couple, et il n'y avait aucune gêne dans cette façon qu'il avait de les fixer. Il souriait à peine, ses lèvres fines étirées presque blanches. Derrière eux les filles chuchotaient, leurs têtes se touchaient presque par-dessus la table, on aurait dit qu'elles prêtaient serment. Nicolas regardait sa main qui tenait sa coupe à champagne vide, le verre sali et sa main un peu courte et tachetée déjà. Qui tremblait, lui sembla-t-il.

— Vous m'avez fait peur ce matin, Dimitri.

Le jeune homme se redressa, renversa son buste en arrière, brusquement.

— Ce matin sur la plage, je crois que vous vous êtes trompé : on ne se connaît pas.

Ses doigts étaient presque blancs contre les parois de sa coupe qui, pour être de mauvaise qualité, ne se briserait pas.

— Et j'ai cru un instant que vous aviez raison, que vous étiez… que vous étiez mon pire souvenir.

Le garçon blêmit, son visage se ferma d'un coup, comme si on l'avait giflé et que la claque en eut dérangé les traits à jamais. On aurait dit un portrait, cloué sur un mur. « Frayeur » aurait pu être son titre. Si on le regardait de loin. De près, les pupilles noires, vernies, griffées de jaune, semblaient celles d'un homme soulagé.

Et puis ils se retrouvèrent tous sur la plage, comme s'il ne s'était rien passé, souhaitant que plus rien ne vienne leur rappeler leurs vies en équilibre et les mensonges qu'ils avaient posés dessus pareils à de fines couvertures de survie. Et durant quelques heures ils furent soulagés que cela fût si simple. Ils avaient besoin les uns des autres pour un bain, une partie de badminton, ils avaient des avis sur l'organisation de la soirée, à quelle heure aurait lieu le feu d'artifice, qui ferait les dernières courses… C'était un grand repos que de se retrouver inchangés, nécessaires et connus les uns des autres, et pourtant. Au fond de chacun d'eux, et ils avaient beau la repousser avec force, s'allumait la fine lumière de la peur, par intervalles, comme une ampoule prête à claquer. Un signal, presque rien, pour prévenir du danger.

Le soleil s'apaisa, déclina lentement, et le ciel prit une couleur profonde et pleine, la mer battait sur la plage, généreuse, renouvelée. Eux restaient là. Ils retenaient le jour, comme des enfants occupés à jouer et qui trichent avec les heures et s'imaginent qu'ils auront raison du temps. Alex avait supplié son père pour une partie de ballon et ils avaient tracé les limites du terrain avec leurs talons dans le sable humide. Samuel s'était joint à eux, les deux enfants, Alex et Enzo, contre les deux adultes, qui riaient plus qu'eux, et tombaient sur le sable en criant. Delphine et Lola les regardaient par intermittence, car Alex voulait que sa mère compte les points, ainsi était-il sûr de capter son attention. Samuel était beau. Doré comme une petite brioche. Doux et lisse. Lola se dit qu'elle l'avait peut-être aimé. Au moins une heure. Mais vraiment. Ce qu'il était, ce qu'elle reconnaissait en lui, pareil à une vérité incandescente.

— J'ai regardé les aiguilles du grand pin, dit Delphine. Dimitri a raison, il est malade.

Elle dit cela à Lola avec gratitude, car sans elle, elle n'aurait rien su, elle n'aurait rien pu faire qu'assister au désastre. Un jour Denis et les enfants seraient arrivés de Paris et le grand pin se serait tenu comme un vieillard malade, exhibant ses plaies mortelles, la souffrance que personne n'avait apaisée, et l'insouciance qu'ils avaient eue à se tenir sous ses branches été après été.

— Je suis allée voir le jardinier, lui me dit que ce n'est rien, que si le pin est malade, c'est de la maladie rouge, tu connais ça la maladie rouge ?

— Non…

— Ça attaque les aiguilles, et les branches, les aiguilles se dessèchent et tombent, il faut pulvériser avec de la bouillie bordelaise, mais j'ai regardé les aiguilles, elles ne sont pas rouges, c'est plus grave que ce qu'il dit, c'est Dimitri qui a raison.

— Maman ! cria Alex ! Tu comptes ou quoi ?

— Je crois que tu as laissé passer un point, dit Lola.

Et devant le silence de Delphine, elle s'empressa de crier :

— Cinq à deux ! Avantage Alex et Enzo !

Le gamin haussa les épaules et jeta à sa mère un regard dégoûté, plein d'une colère sombre et furtive.

— Et c'est quoi, la bouillie bordelaise ?

— Le jardinier dit que c'est un mélange de sulfate de cuivre et de chaux, il biaise je le vois bien, il est incompétent et ne le reconnaît pas c'est tout. Les aiguilles ont des taches marron, presque noires. Pas rouges du tout.

Denis se demanda ce qu'Alex était censé faire pour intéresser sa mère, ce qu'ils étaient tous censés faire pour que Delphine les considère autrement que comme d'étranges visiteurs. Et elle pensait peut-être que vivre avec un autre homme la rendrait différente, vivante et pleine d'allégresse, comme elle se trompait ! Et comme il se souvenait d'elle, attentive, captivée par Alex, lorsqu'il n'était encore que ce petit être dont on comptait les heures : « Il a trois heures… Comment peut-on avoir trois heures… ? » chuchotait-elle au-dessus du berceau en plastique transparent, et sans penser que cela lui était arrivé aussi, que cela leur était arrivé à tous, elle regardait le nouveau-né comme s'il était détenteur d'un grand secret qu'il ne livrerait jamais et avec lequel il grandirait. A présent Alex ne semblait plus cet enfant étonnant, porteur du secret de l'humanité. Il était pour elle sans mystère, et Denis lui en voulut car sans elle il arrivait si mal à voir ses enfants comme des êtres d'exception. C'était avec elle et par elle qu'il s'était intéressé à eux. Il avait appris par son regard. Mais son regard s'était détourné.

— Qu'est-ce que tu comptes faire avec Samuel ? demanda Delphine.

— Avec Samuel ?

— Il y a quelque chose en lui qui te plaît, non ?

— Tu avais raison, Dimitri pourrait très bien venir de la DDASS.

— Pardon ?

— Ce matin tu m'as dit qu'il avait l'air des enfants de la DDASS. Que tu les connaissais bien, que tu avais vu ces mômes chez ta bonne dans le Périgord.

— Le Limousin. Mais qu'est-ce que tu racontes ?

— Maman ! hurla Alex avec rage, on a gagné ! Il criait sa victoire avec rancune. Delphine perçut le regard de dédain fatigué que lui lança Denis, elle se leva pour aller à lui. En passant elle posa la main sur la tête d'Alex, pour lui montrer sa bonne volonté, elle n'avait pas suivi tout le match, mais n'était-elle pas restée jusqu'au bout ? Le petit la repoussa, sans qu'elle semble s'en apercevoir. Elle était face à Denis, dont le torse était mouillé de sueur, et alors elle eut envie de lui demander pardon, sans savoir pourquoi.

— Le grand pin est malade, il a la maladie des aiguilles du pin, dit-elle.

Elle paraissait plus jeune, ainsi révoltée et inquiète, elle semblait déplorer une terrible injustice, et sa voix tremblait un peu.

— Tu sais de combien Alex et Enzo nous ont gagnés ? Treize buts contre cinq.

Sur l'épaule de Denis la sueur perlait, comme si quelqu'un y avait pleuré. C'était joli et cela brillait un peu. L'épaule était ronde et douce, la peau lisse d'un homme bien plus jeune que lui. Certaines parties du corps restent étrangement intactes, tout ne vieillit pas au même rythme, et Denis faisait partie de ces êtres que le temps ne trahit jamais tout à fait. C'était terriblement injuste et ne donnait pas la véritable perspective des choses. Delphine se demanda si ces gouttes allaient bientôt s'évaporer, et aussi si elles étaient salées, ou âcres, si elles avaient le goût de Denis, avec la petite acidité de celui qui fume le cigare et aime le bon vin, et sans y penser elle posa doucement sa main dessus, sa paume à plat sur l'épaule chaude et mouillée, la retira très vite, quand Denis fit un petit bond en arrière.

— Pardon, dit-elle, et aussitôt elle se détourna, profitant que son fils soit encore sur la plage pour aller à lui et lui reprocher de ne pas avoir mis sa casquette pour jouer au ballon sous ce soleil de juillet. Elle était sa mère, après tout !

Nicolas avait tenu sa promesse : il était allé se baigner avec Marie. Un peu fatigué par le tennis, la douleur, l'aveu de Marie qui avait demandé à Lola ce qu'il ne pouvait pas lui donner : l'argent. Aurait-elle été plus heureuse avec un autre ? Il l'imaginait à la place de Delphine, recevant à Coutainville dans une maison qui aurait été pleine d'artistes débordants de projets, un peu irréalistes, parfois inconséquents, lui se serait tenu à l'écart, et souhaitant conquérir cette femme généreuse. Le désir de conquête. Il avait oublié ce sentiment et le confondait parfois avec un autre, l'ambition, ou l'envie.

— J'ai manqué d'ambition, hein Marie ? Tu trouves que j'ai manqué d'ambition ?

Ils se tenaient la main et trébuchaient dans le sable, l'eau était froide, lourde, ils avançaient avec force.

— C'est quoi, l'ambition ? demanda-t-elle. Avoir la niaque, comme on dit ? Se lever le matin le bras tendu, le poing fermé ? Marcher vite, plus vite que les autres ? Etre admiré de son banquier ? Et d'abord : ça aurait été quoi, ton ambition ?

— Te voir heureuse, te payer… tout ce que tu voulais. Produire tes spectacles, coproduire un film, t'acheter un théâtre… qu'est-ce qui te fait rire ?

— M'acheter un théâtre ! Même Denis aurait du mal !

— Ah… Alors si « même Denis aurait du mal »…
Elle aurait voulu être plus gentille. Lui dire d'autres choses. Qu'elle se fichait de l'argent… mais ce n'était pas tout à fait vrai. Pour se fiche de l'argent, il faut en avoir, pas en manquer. C'est le manque qui donne sa valeur à l'argent. Le loyer. Le prix du poisson et du raisin, le prix du vin et des robes qui rendent légères et des chaussures qui vont avec, et des coiffures bien faites et des crèmes, des massages, des vacances, c'était peut-être juste ce qu'avait dit Nicolas la veille : avoir de l'argent aide à vieillir moins vite. Vraiment elle aurait voulu être plus gentille, et plus juste aussi. Lui parler de leur amour, et qu'être aimée était un privilège, mais elle se demandait ce qu'ils savaient réellement l'un de l'autre, et pourquoi elle n'avait pas cherché à savoir ce qu'était le pire souvenir de Nicolas, et quel rapport avec Dimitri ?

— Tu as des petites taches de rousseur, là, partout sur les joues c'est joli, lui dit-il, et il prit doucement son visage dans ses mains, embrassa les petites taches de son, du bout des lèvres, vite, comme s'il les picorait.

Il était ému depuis toujours par ces taches de rousseur que le soleil faisait apparaître sur son visage, elle ne comprenait pas pourquoi. Ils avancèrent de nouveau dans l'eau, comme s'ils remontaient le courant, autour d'eux les gens parlaient fort, comme s'ils étaient toujours loin les uns des autres. Elle mouilla sa nuque, et puis la sienne, pour le taquiner un peu, et il y eut une telle reconnaissance dans le rire de Nicolas, un tel soulagement qu'elle prenne les choses ainsi, qu'elle abandonna toute volonté de parler sérieusement. Ils se baignèrent dans cette eau qui leur arrivait encore à la taille, cherchant ce qui pouvait être comme avant, dans ce bain à deux, avant, quand la vie leur appartenait. Simple. Et surprenante. Mais Marie était en colère malgré elle : « Mon ambition aurait été de t'acheter un théâtre » ! Cette phrase signifiait une ambition hors de la réalité, pareille à un projet d'enfant, démesuré, enflé, et que l'on sait irréalisable. Cette phrase était un jeu. Le manque d'argent n'est pas un jeu. Dormir la nuit est une chose sérieuse. Donner des cours particuliers. Des conférences. Ecrire des articles. Pourquoi n'avait-il pas proposé cela ?

— Tu penses que la seule solution pour que je joue encore est que j'aie un théâtre à moi ? demanda-t-elle avec un léger mépris.

Il sourit, retenant ce sourire tant qu'il le pouvait, mordant ses lèvres, et tout ce qu'il retenait éclatait dans ses yeux : la joie et l'amusement.

— Tu penses que je suis de mauvaise foi ?

Il éclata de rire et tourna son visage vers le soleil, les yeux à moitié fermés. Les gens qui le voyaient se disaient que c'était un homme heureux.

— On peut vendre la maison en Bourgogne, dit-il.

Elle lança ses deux poings contre l'eau, et son geste qui ne rencontra aucune résistance accentua sa colère :

— Ça fait quinze ans que je t'entends dire ça, dès qu'une difficulté surgit tu sors ton vieux joker : vendre la maison ! Mais alors il nous reste quoi ? Cet appart pourri qu'on loue une fortune à Paris ? Notre bagnole qui date de la guerre froide ? Hein ? Et je sais ce que tu penses ! Si ! Je sais ce que tu penses ! Tu penses qu'au lieu de me plaindre je ferais mieux de changer de cap, que je vais bientôt ressembler à ces actrices sans boulot qui ne vont plus au théâtre, et plus au cinéma, parce que ce sont toujours les autres qui jouent, et pas elles, hein c'est ça que tu penses ? Alors, OK, puisque c'est ça que tu veux, j'arrête ! Je m'en fiche tu sais, parce que franchement, si c'est pour jouer les grand-mères en arrière-plan, très peu pour moi ! Et tu sais ce que m'a dit mon agent la semaine dernière ? La même chose que la semaine d'avant : « Ils veulent une Marie Larivière jeune », et ce n'était même pas une pique, non ça n'avait rien de méchant, ça s'appelle une maladresse mais moi de maladresse en maladresse, je me mets à détester la terre entière et ÇA fait vraiment vieillir plus vite ! Tu ne vendras pas la maison en Bourgogne ! Et d'accord : j'arrête le métier.

Autour d'eux, il n'y avait plus personne. Les gens les évitaient. Nicolas se plaqua contre le dos de Marie, posa sa tête dans son cou et murmura :

— Je ne vendrai pas la maison. Je garde mon joker pour une autre occasion. Et tu as raison d'abandonner ce métier, même si je ne te l'ai jamais demandé, mon amour.

— Peut-être, mais tu l'as pensé.

— Si tu veux.

— Tu l'as même pensé très très fort.

— Si tu veux.

— Mais qu'est-ce qu'on va devenir ?

— Pour commencer on va sortir de cette eau gelée, qui me met les couilles en noisettes desséchées.

— C'est joli ça, tiens !

Il prit sa main, la posa sur son sexe.

— Est-ce que je mens ?

— Pas encore.

Et sa main resta là, à le réchauffer lentement.

— Maintenant, tu mens, dit-elle en sentant son sexe gonfler dans sa main.

— Quelle mauvaise foi, dit-il.

Face à eux, le soleil brillait avec force, et dessinait sur le visage de Marie d'autres petites taches de rousseur, comme un peintre pointilliste. Elle pensa pour la première fois, et avec un soulagement rageur, qu'aucune maquilleuse ne les lui reprocherait. « Ces taches de rousseur sont à moi ! », se dit-elle. Et n'avait-elle pas mérité, après tant d'années, d'avoir enfin quelque chose à elle ?

Ça n'était rien qu'un flirt de jeunesse. Un garçon de son âge rencontré en colonie de vacances, qui lui plaisait parce qu'elle ne savait rien de lui, que les autres filles le trouvaient beau et que c'était elle qui l'avait. Et Lola l'avait choisi pour se débarrasser de ce fardeau encombrant qu'elle se traînait depuis plus de seize ans : sa virginité. Il s'appelait Eric, venait d'une famille de communistes qui se disaient intellectuels, parce que communistes, et qui militaient dans leur salon avec d'autres gens instruits de tout, sauf de la réalité. (Ils avaient fêté le vingtième anniversaire du Printemps de Prague, en buvant du champagne, toujours dans leur salon.) Eric détestait la politique, les réunions, la vie en groupe de la colo lui était un calvaire et il n'avait trouvé qu'un moyen pour échapper aux soirées tequila-guitare ou aux journées à thème : le duo. Cet été-là, Lola fut sa compagne. Et tous deux en tirèrent un réel plaisir. Elle n'était pas bavarde, ne faisait jamais d'histoires, ne voulait jamais savoir « ses petits secrets » comme beaucoup d'autres filles qui, disait-il, « tentaient de noyer le poisson », c'est-à-dire de faire passer les heures sous la tente pour des moments lyriques et lourds de sens. Ça n'avait pas de sens. Lola le ressentit très vite et en fut secrètement déçue, mais elle se disait qu'elle trouverait sûrement cela plus tard, dans un contexte plus propice à la poésie.

L'été prit fin. Elle rentra à Paris.

Elle était enceinte. Elle le sut très vite. Elle le sut d'instinct. Dans une sorte de panique vertigineuse. Sa vie s'était retournée comme un gant, et l'avenir se dérobait sous ses pieds. Mais le temps passait, et Lola ne savait que faire ni à qui parler, une mouche prise dans une toile d'araignée, et son ventre vivait indépendamment d'elle, le bébé était en route et la dévorait de l'intérieur. Au bout de quelques semaines, elle décida de tout dire à l'infirmière du lycée. L'odeur de l'éther lui souleva le cœur, et dans un haricot en métal blanc ébréché, la vue d'un coton imbibé de sang lui fit prendre les jambes à son cou, elle détala sans même avoir prononcé un mot, se retrouva dans la cour de récréation déserte, assise sous le panier de basket elle regarda le ciel à travers le filet en espérant y lire un signe. Elle n'y lut rien. Elle rentra chez elle, fit un dessin qu'elle colla sur la porte du frigidaire, là où ses parents inscrivaient leur vie : courses et dates de vacances. Quand sa mère rentra ce soir-là et qu'elle ouvrit le frigidaire pour se verser son verre de lait habituel, son geste resta suspendu. Elle regarda le dessin de l'embryon, et la date des dernières règles dans la colonne d'en face, se tourna vers Lola, la gifla et l'emmena se faire avorter sur-le-champ. Mais il était trop tard. Les délais étaient passés. Alors elle l'emmena chez sa mère à Montrouge, et c'est là que Lola attendit. La fin de la grossesse. Ce que la médecine appelle « la délivrance ».

— Non ! Je ne rajoute jamais d'ananas dans ce cocktail ! Jamais !

— Denis ! Denis ! répétait Nicolas, tu rajoutes toujours du jus d'ananas.

Denis prit Samuel à témoin :

— C'est fou ça, non ? Ça fait seize ans que je fais le même cocktail le soir du 14 juillet, et pas une fois j'ai rajouté de l'ananas ! Je le sais quand même.

Samuel aurait souhaité avoir la même humeur qu'eux, la même façon de se « chambrer » comme on dit, mais il n'avait pas les codes et il restait là, à sourire bêtement dans la cuisine, se voulant complice mais ne sachant de quoi, et son sourire hésitait et lui donnait l'air idiot et un peu triste. Nicolas le mit dans la confidence :

— Ce cocktail est un « Sex on the beach ».

— Un quoi ?

— C'est un peu con, Samuel, je te l'accorde. Non mais c'est vrai Nicolas : ça ne fait rire que nous, écoute… Un « Sex on the beach » !

— Je continue : un « Sex on the beach ». On y met de la vodka, du schnaps à la canneberge rouge, du jus d'orange et…

— Et non ! On n'y met PAS d'ananas !

— Putain…, soupira Nicolas, et il alla s'asseoir près de la fenêtre, regardant la mer au loin.

Denis secouait le shaker en lançant à Samuel un regard scandalisé, un peu épuisé, qui disait à quel point Nicolas le fatiguait. Il y avait dans ce regard la signification d'un lien ancien, des agacements nécessaires, presque rituels, comme si les deux amis avaient besoin de placer leurs disputes dans des endroits bien précis, connus d'eux seuls et dont ils ne pouvaient se passer.

— Mais t'en as pas marre de regarder la mer ! dit Denis à Nicolas.

Il avait une furieuse envie de vivre. Il aurait aimé prendre la mer, de nuit. Il aurait aimé dormir près de sa jument, à même la paille. Il aurait aimé rouler loin et sans but. Il avait envie de rire et d'être heureux, il avait l'agacement joyeux d'un enfant la veille d'une grande fête.

— On va aller voir Anaïs à la fin du mois d'août, Marie t'a dit ? demanda Nicolas.

— Non.

— Ça fait drôle tu sais, d'être reçu chez son môme… Tu es là, tu rentres dans l'appart, tu t'écries que c'est joli, elle te montre ta chambre, tu pousses des Oh ! et des Ah ! Ta femme est émue et la serre contre son cœur, elles filent se faire des confidences à la cuisine et toi… Toi tu restes là, assis au bord du lit. Tu te sens un peu… comment dire ? Tu te sens un peu…

— Vieux.

— Oui c'est ça, tu te sens vieux. Non, mais ça va être bien. Ça va être bien. Tel-Aviv fin août c'est…

— C'est bien.

— Oui... c'est bien...

Spontanément ils décidèrent de changer de sujet et se tournèrent vers Samuel. Ils avaient envie de s'amuser. Ils ne savaient lequel des deux commencerait, ils aimaient bien ce garçon et ne lui voulaient aucun mal, mais quand même, ils étaient curieux. Denis attaqua en premier :

— Je suis content de te recevoir chez moi... Non, c'est vrai tu es... enfin... Toi tu es...

— Toi tu vas bien avec Lola !

— Voilà ! affirma Denis, qui pensait cependant que Nicolas y allait trop franchement.

Samuel n'avait pas envie de jouer à ce jeu-là, mais une curiosité un peu malsaine le poussa à enchaîner :

— Parce que... les autres... ?

— Les autres... ? Comment ça : les autres ? demanda Denis, gêné.

— Les autres gars ! Les autres amants ! dit Nicolas comme s'il se fût adressé à un retardataire de mauvaise foi.

Et il expliqua patiemment : Les autres gars, Lola les amenait pas toujours ici... On en a vu quoi... ? Deux... Trois maximum ? Peut-être quatre ? Cinq, pas plus ! Il y eut un silence hésitant. Tous trois regardaient étrangement le shaker. Puis Samuel leur dit :

— Je vais l'épouser.

— L'épouser... ? Mais l'épouser comment ? demanda Nicolas.

— Mais comment tu veux qu'il l'épouse ! A la mairie !

— Ah ben oui... Je suis con...

— Vous pensez qu'elle acceptera ?

Denis ouvrit le shaker :

— On va le goûter et puis si c'est bon, je vais passer le sucre au bord du verre.

— Je bats l'œuf, dit Nicolas, puis il expliqua à Samuel que c'était leur méthode : le sucre tenait mieux quand le bord du verre avait d'abord été posé sur du blanc d'œuf.

— Y en a qui préfèrent le jus d'orange ou le citron.

— Nous on préfère un goût neutre… le blanc d'œuf c'est neutre…

— C'est neutre, c'est bien…

— Vous pensez qu'elle va refuser, c'est ça ? demanda de nouveau Samuel.

Ses joues le picotaient un peu, le bout de ses doigts était engourdi. Il ressentit une immense fatigue, son élan était brisé, loin derrière lui, pareil à un sentiment que l'on s'étonne d'avoir éprouvé un jour.

— Pourquoi tu veux épouser Lola, dit Denis, c'est… on peut pas imaginer ça…

— Lola c'est le genre de fille qui est heureuse, simplement parce qu'elle sait qu'elle peut te perdre, dit Nicolas. Ce qui lui plaît c'est… c'est…

— Le danger !

— Voilà : le danger, l'incertain, le risque finalement.

Et tous deux le regardèrent avec une évidence désolée, irréfutable.

— Je vais l'épouser. Je la connais mieux que vous quand même. Je vais lui demander ce soir, sur la plage, après le feu d'artifice.

— Ah ça non ! Ah ça : pas chez moi ! dit Denis avec véhémence. Tout ce que tu veux mais ça, pas ici, pas ce week-end, merde ! C'est déjà suffisamment…

Tout est déjà… Non mais c'est trop compliqué, Samuel, mélange pas tout, tiens, goûte le cocktail et dis-moi…

Il y eut un long silence. Samuel en eut assez d'être le plus jeune. Celui dont les décisions accablent les aînés. Il avait connu ça toute sa vie. C'était fini. Il voulait sa place, et il l'aurait. Il aurait cette fille. Il le voulait d'autant plus qu'on lui riait au nez. Et il ferait ce qu'il avait décidé, il la demanderait en mariage ce soir même sur la plage, après le feu d'artifice. Il n'était plus très sûr maintenant que ce soit ce qu'il désirait, mais sa vexation était plus forte que son désir.

— Cette femme-là n'a rien de moins que les autres, celles que VOUS épousez ! dit-il, et lançant un doigt écœuré au shaker, il ajouta : colorez le bord du verre avec du sirop, c'est plus joli quand même… pour un 14 juillet.

Et il sortit. Denis et Nicolas sucrèrent le bord des verres, lentement, avec application. Ils connaissaient exactement les pensées de l'autre. Ils savaient qu'ils étaient un brin vexés par la sortie de Samuel mais que cela ne lui enlevait pas son ridicule.

— Il est jeune… Et si ça se trouve, tu as perdu ton pari…, dit Nicolas. Lola va peut-être accepter.

— Il est pas si jeune que ça non plus, moi à son âge je dirigeais une PME.

— Et tu étais marié.

— Et… Et j'étais marié.

— Et heureux.

— Oui bon ça va !

— Marie veut lâcher le métier.

— Quel métier ?

— Comment ça « quel métier » ? Mais comédienne, évidemment.

— Ah ! Mais dis plutôt que c'est le métier qui l'a lâchée, vous entérinez juste une situation. Je vais rajouter un peu de jus d'orange, je sais pas mais… putain j'ai l'impression qu'il est un peu amer, non ?

— Tu sais que ta femme est malheureuse… ?

— Oui je sais, elle vient de se faire plaquer. Mais elle a déjà quelqu'un d'autre en tête, je la connais.

— Elle te l'a dit ?

— Oh pas la peine, va… J'ai l'habitude. Passe-moi les rondelles de citron. Et la tienne, au fait, tu comptes lui raconter quand l'histoire de Kathie Vasseur, hein ? A ta prochaine crise de panique ? Et passe-moi les pailles aussi.

— Je lui parle après le feu d'artifice.

— Tu déconnes ?

— Bien sûr je déconne !

Ils posèrent les verres sur deux plateaux, puis les oublièrent. Ils allumèrent une cigarette, penchés par la fenêtre ouverte.

— J'aime cet endroit, dit Denis. Cette maison. La mer. J'ai envie de vivre longtemps. Heureux…

Et comme Nicolas ne répondait rien, il continua :

— On a le droit à ça quand même, non ? Le temps qu'il nous reste à vivre…

Puis ils écoutèrent la mer au loin, et ressentirent à quel point leur amitié était le seul lien sans mensonge, leur unique vérité. Elle était le côté clair de leur vie. Nicolas posa sa main sur l'épaule de Denis :

— Ça va aller, dit-il simplement.

Et Denis ne comprit pas pourquoi cela lui faisait tant de peine.

Delphine avait pensé que ce serait plus simple. Elle allait glisser d'une vie à une autre. Elle savait qu'ils seraient mieux sans elle. Denis méritait autre chose que le rôle qu'elle lui faisait jouer. Et ses enfants avaient droit à un peu d'attention. Mais elle avait pensé que ce serait plus simple. Son dernier été à Coutainville. Un week-end entre amis. Une jolie carte postale pleine de rires et de vin, et au revoir... Mais elle se faisait du souci de voir sa fille traîner avec Dimitri, et ce grand pin qui allait mourir... Elle voulait qu'il reste là, qu'il les protège tous les trois, le témoin de la force qui fut aussi la leur, cette jolie famille qu'ils avaient été, riches et beaux, riches et amoureux, et puis le goût des autres qui lentement, sans prévenir, s'érode. Les enfants si grands qu'ils ne tiennent plus dans les bras, et comment les serrer simplement contre soi ? Les mots avaient remplacé les gestes, elle n'était pas douée pour les mots. Et les absences de Denis, les voyages d'affaires, les obligations mondaines, la fatigue de chacun et enfin ce premier soir où elle était sortie, seule. Elle avait raconté une histoire à Alex, *Les Trois Petits Cochons* et leur maison en brique, et elle avait soufflé fort en imitant le loup, ah ah ! Et le loup se cassait les dents et ils étaient bien à l'abri les trois petits cochons, ah ça oui ! Et Alex la regardait en suçant son lolo, des étoiles de gratitude plein les yeux, comme si c'était grâce à elle qu'ils avaient été sauvés. Chaque soir il lui était reconnaissant que l'histoire se termine bien. Maintenant il lisait tout seul, il n'avait plus besoin d'elle. Et ce soir-là, après l'histoire lue à Alex, et le baiser dans son cou tout chaud qui sentait la pomme, parce qu'il aimait le savon à la pomme, et le shampooing à la pomme qui ne pique pas les yeux, après avoir senti son odeur d'enfant prêt à s'endormir, elle était passée devant la chambre de Jeanne, qui s'était endormie avant le baiser du soir. Elles s'étaient disputées pendant le dîner, une histoire idiote de string qui dépassait du jean, des cris et un repas gâché pour cette histoire de string dépassant du jean… alors, quoi ? Ça pouvait se résumer à ça, s'abîmer comme ça, une soirée tous les trois ? Elles ne s'étaient pas réconciliées, Jeanne et elle, avant la nuit, et c'était bien la première fois. Il n'y avait pas si longtemps que ça, Jeanne la regardait encore de ses grands yeux soulagés quand elle lui lisait une histoire, et maintenant elle était lâchée dans la violence et la vulgarité du monde, comme un ballon sans ficelle. Ce soir-là, par la porte entrebâillée, Delphine avait regardé sa fille dormir, le visage plissé encore de colère, noirci par les larmes, et elle avait pensé qu'elle ne voulait pas qu'elle s'envole, qu'elle attende encore un peu, il y avait tant de choses qu'elle ne lui avait pas encore expliquées. Elle lui avait lu de jolis contes de fées, mais la vie était autre chose. Il y avait la médiocrité et le peu d'ambition, si peu de soin porté aux autres et à soi-même, comme si la vie n'était que le brouillon d'une existence à laquelle on penserait plus tard.

Mais quand ? Et Delphine regardait sa fille et savait déjà qu'il y aurait d'autres disputes dans la cuisine le soir, pour un piercing, un paquet de cigarettes, un joint, de la bière et des cheveux teints, et tout cela était le signe d'un monde qui lentement, jour après jour, tirait sa petite fille hors de la maison. Et tandis que ses deux enfants dormaient, elle était allée s'asseoir au salon. Elle n'avait allumé ni la télévision ni la lampe. Elle avait regardé longtemps par la fenêtre, les innombrables lumières qui lui disaient que la vie battait au-dehors, la vie clignotait aux feux rouges et aux enseignes des hôtels et des bars, et Denis n'avait pas appelé. Denis était en décalage horaire, une fois de plus, et elle assise dans ce grand appartement que la bonne rangeait et nettoyait chaque matin, rien à y faire que le décorer, le fleurir et le parfumer, quel luxe, quel privilège, mon Dieu comme elle s'ennuyait ! Et ce soir-là, à presque minuit, elle sortit de chez elle. C'était la première fois.

Lola s'approcha de Samuel, l'embrassa doucement, puis lui demanda de venir avec elle, Denis lui prêtait sa Jeep encore, elle voulait lui montrer quelque chose.

— Ils vont servir les cocktails, dit-il, j'ai préparé des cocktails avec Denis et Nicolas, tout le monde va se retrouver dans le jardin...

Il voulait l'éviter autant que cela était possible, ne pas être tenté de se déclarer avant le feu d'artifice, c'était un équilibre fragile, et il lui semblait entendre encore Denis et Nicolas, la façon un peu railleuse qu'ils avaient de considérer son amour, un sentiment qui avait moins de valeur que ceux qu'eux-mêmes éprouvaient. L'avaient-ils seulement félicité ? Avaient-ils exprimé de la joie à l'idée qu'il fasse vraiment partie du cercle ? Il était gêné cependant, il ne voulait pas que Lola pense qu'il n'avait pas envie d'être avec elle, il aurait été heureux de sortir du jardin à son bras, monter avec elle dans la Jeep.

— Tu voulais me montrer quoi ? demanda-t-il.

— Rien... J'avais envie d'aller à la campagne...

— A la campagne ?

— Ben oui, à la campagne ! Qu'est-ce que ça a de bizarre, on est en Normandie, non ?

— Tu sais, à Mâcon, des vaches... j'en ai vu, hein !

A moins que tu ne penses encore à une de tes captations sonores : « Silence entrecoupé de beuglements ! ». Il la connaissait suffisamment pour savoir qu'il y avait autre chose, mais il tenait à son feu d'artifice et à sa demande en mariage sur la plage comme à une superstition, il lui semblait impossible de bouger avant, et il s'enferrait dans sa décision.

— « Silence entrecoupé de conneries », oui ! dit Lola, et elle sortit pour rejoindre les autres.

Finalement, elle l'avait échappé belle, est-ce que ce type méritait ça, cette petite mise en scène stupide ? Aller à la campagne, frapper à la porte d'une ferme, y entrer, et regarder. Plus tard lui dire que peut-être c'était dans un lieu comme celui-là que son fils avait grandi. Ou pas. Alors ils pourraient aller frapper à la porte d'une caravane, d'un château, d'une pension de famille, d'une bagnole pourquoi pas, hein ? Peut-être que son fils dormait dans une voiture ? Peut-être que son fils parlait anglais ou norvégien. Qui l'avait adopté ? Qu'est-ce qu'on avait fait de lui ? On l'avait pris comme une pâte à modeler et puis on l'avait placé dans un moule, le premier qui se présentait, monsieur et madame machin ont un fils et elle n'avait rien. Les fermes, les plages et les jardins sont pleins de garçons qui n'étaient pas le sien. Ça pouvait être tout le monde et n'importe qui, un beau gars heureux et pas difficile, un attardé mental, le fils de la voisine, le cousin de Samuel, Dimitri, ou le grand frère de Rose, après tout, à force d'être nulle part, il pouvait bien être partout, son fils. Mais c'est elle qui était perdue. Et elle restait là, ne sachant comment répéter cette phrase qu'elle avait prononcée pourtant au tennis-club, elle l'avait dite à Dimitri et Dimitri n'avait pas ri. Et même si elle se taisait pour toujours, cela continuerait à exister, en dehors d'elle. Car d'avoir prononcé cet aveu avait ouvert la brèche et devrait-elle vivre éternellement avec un sparadrap sur la bouche, c'était trop tard, la vérité était lâchée, jamais elle ne pourrait la rattraper. Samuel la rejoignit dans l'escalier.

— On s'en fout de ce cocktail, dit-il, en plus ils y mettent de la vodka, je déteste ça.

— Si tu veux t'intégrer, mon petit Samuel, il va falloir boire leur Sex on the beach. C'est quasiment le breuvage d'initiation.

— Les autres le buvaient ? Tes autres amants. Denis et Nicolas m'ont dit que tu en avais déjà amené une demi-douzaine ici, avant moi.

— C'est vrai, mais j'en ai assez. Je crois que tu es le dernier.

— Ce qui veut dire ?

— Maintenant je viendrai seule. Etre en couple c'est comme être dupliquée, ça m'encombre.

Il avait l'air si malheureux soudain, la tête d'un chien qu'on a laissé dans la voiture, alors elle dit :

— Je blague, évidemment ! Et puis ne t'inquiète pas pour le cocktail, ils en font toujours des sans alcool pour les enfants, t'auras qu'à leur chiper.

Et elle lui prit la main pour entrer avec lui dans le jardin, comme ce qu'il désirait être, comme chacun voulait qu'ils soient : un couple. La mascarade était reposante.

— Tu as un peu de sucre, là… Là, sur le menton… Voilà…

— Merci, dit Delphine.

Nicolas aimait depuis toujours la distraction légère de Delphine. Sans elle, sans ce petit air las qui était le sien, elle aurait sûrement ressemblé à toutes les jolies bourgeoises parisiennes, tenues chic et maintien parfait. Mais elle se tachait quand elle mangeait, se mettait du sucre sur le menton en buvant un cocktail, et avait souvent, en écoutant les autres parler, ce regard étonné et un peu déçu. En ce moment plus que jamais. En ce moment elle était triste. La tristesse est un sentiment qui va mal aux femmes, pensa-t-il, la tristesse n'est pas surprenante, pas vive, elle diminue, le regard se grise…

— C'est encore un beau séjour, dit-il, on est bien…

— Oui.

— Tu n'es pas fatiguée ? Tout ce monde chez toi…

— Ça va…

Delphine aimait Nicolas d'une amitié tendre, il lui donnait toujours envie de baisser les armes. Elle aimait qu'il soit l'ami de Denis, c'était une protection, un ancrage dans une vie plus simple.

— Marie m'a dit que tu allais te faire opérer ?

— Hé oui… finalement… Je saute le pas ! Enfin… je sauterai mieux après hein !

Il rit de ce petit rire gentil, le rire de celui qui ne voulait jamais faire d'histoires, créer des problèmes, pourtant, elle savait ce qu'il avait fait, elle avait lu les journaux à l'époque. Comment Marie n'avait-elle jamais fait le rapprochement entre le suicide de cette professeur de maths dans son lycée, et sa dépression nerveuse, quelques mois après ?

— Tu sais qu'il existe des opérations mini-invasives, maintenant ?

— Non, je ne sais pas. En fait je ne sais rien, on vient juste de le décider, j'irai voir le chirurgien après Tel-Aviv.

— Ça t'abîme beaucoup moins les muscles, et les suites opératoires sont moins douloureuses, et même l'hémorragie…

— Je n'ai pas envie de savoir !

— Ah… Excuse-moi…

Voilà bien les hommes, pensa-t-elle : tout, plutôt que la vérité. Comme c'est étrange… Comment les a-t-on élevés ? Comment ai-je élevé Alex ? Ils se turent, se tenant ainsi, en silence, avec cette envie de se prendre la main, de se serrer dans les bras, car ils étaient pareils. Ils faisaient bonne figure.

— Regarde, dit Nicolas, le soleil est orange.

— « Le ciel est bleu comme une orange »…

— Si j'étais un peintre je serais fou. Comment peindre un ciel orange sans le trahir, hein ? Sans qu'il devienne… sans qu'il soit criard, moche, écrasé ? Oh oui je deviendrais dingue… vouloir attraper la lumière…

— C'est ce que font les peintres : ils tentent d'attraper la lumière et ils deviennent fous.

Ils regardèrent les autres. Lola qui s'accrochait à Samuel d'une façon nouvelle et presque déplacée, les bras autour de sa taille, comme le font les filles perchées sur des talons trop hauts et qui manquent d'assurance. Lui semblait surpris, un peu gêné par cette attitude à laquelle elle ne l'avait pas habitué, et il regardait Denis dans les yeux pour lui parler, tenant haut son verre comme si Lola accrochée à lui avait été une enfant encombrante et qu'il craignait de blesser. Marie était avec Alex, le petit avait posé un grand cahier sur ses genoux, il en tournait les pages avec recueillement. Il parlait vite, emballé par ses propres mots.

— Qu'est-ce qu'il lui montre de si passionnant ? demanda Nicolas.

— Je ne sais pas.

Par la fenêtre ouverte, on entendait la musique. Jeanne et Rose n'étaient pas descendues pour le cocktail et de leur chambre les chansons d'Oxmo Puccino jetaient des paroles dans le soir qui descendait doucement sur terre. « Tell me I ever survive tell me I ever survive. »

— Alex ne me montre plus rien, dit Delphine.

— Oui, il y a toujours un âge comme ça, hein… Ils ont leurs secrets.

— Non. Je crois que c'est parce que moi… J'oublie. J'oublie de lui demander de me montrer ses cahiers, de me dire les noms de ses copains, le score du match de basket… je ne sais pas pourquoi. Je vais partir. Je vais laisser Denis et les enfants.

— Longtemps ?

— Longtemps.
— Oh…
— Moins fort la musique ! cria Denis. Non mais quel crincrin, je te jure !
Jeanne ferma sa fenêtre violemment, et le silence qui suivit parut étrange, il leur sembla que sans la musique ils étaient moins nombreux. L'air entre eux était plus lâche et un peu vide.
— Tu as quelqu'un ? murmura Nicolas.
— Personne. Même pas moi.
— Marie le sait ?
— Tu aurais pu me demander si Denis le savait, non ?
— Oh non, il ne le sait pas, il pense…
— Il pense ?
— Rien.
— Il pense que je viens de me faire plaquer, c'est ça ? Mais que je vais très vite enchaîner, comme d'habitude ?
— Il pense juste que vous avez le droit d'être heureux.
— Il a le droit d'être heureux, tu as raison.
Il aurait voulu lui dire d'essayer encore. Mais il n'y arrivait pas. Il savait que la vie est pleine de derniers soirs, d'amours qui meurent, d'enfants qui grandissent tout seuls, et qu'aucun peintre jamais n'a pu capter l'exacte lumière d'un ciel orange.

Plus elle s'accrochait à la taille de Samuel, moins Lola pensait à lui. Elle avait peur cependant, de cette petite peur qui vous pousse en avant quand la vie se tient face à vous, comme une maison au bout du chemin. Vous devez y aller. C'est *là* que vous devez entrer. Lola avait été certaine, à force de marcher dans la guerre comme Jésus sur l'eau, que la noyade était pour les autres, les balles et les roquettes pour les Israéliens, les Palestiniens, les Libanais, les Syriens, elle ne faisait pas partie de ce désastre. Elle en rendait compte. Chaque soir dans son micro elle avait dit ce qu'elle avait vu. Jamais ce qu'elle avait ressenti. Puis elle avait traqué les silences, sans les comprendre. Juste pour qu'ils interrompent les phrases, prennent plus d'importance que les discours. Et maintenant le rap d'Oxmo Puccino, doux comme un vin épais, chaloupé, têtu, battait dans le jardin, chantait pour les lambeaux du soir accrochés au grand pin fier et malade. Et Lola se rappelait avoir vu son fils. Un moment d'inattention et elle avait vu cet enfant qu'elle n'aurait jamais dû voir. « Il a beaucoup de cheveux, non, pour un bébé ? » elle avait demandé. Et l'infirmière s'était détournée sans répondre, emportant le bébé qui hurlait et Lola espérait qu'on allait le nourrir bientôt. Au-dessus d'elle dans la salle d'accouchement, tous s'affairaient sans la regarder jamais, dans un grand bruit métallique, comme si des pinces tombaient, et des ciseaux, et des pinces encore, sans arrêt. Lola avait passé sa vie à côté de sa vie. Elle avait obéi à la grand-mère de Montrouge et à sa fille, elle avait abandonné le bébé, sans protester. Elle avait laissé son temps aux autres. Elle avait envie soudain, accrochée à Samuel comme une adolescente un peu ivre, d'être vieille.

— On a de très bons interlocuteurs à l'ORTM, disait Samuel à Denis.

— L'ORTM ?

— L'office de radiodiffusion télévision du Mali. 80 % de leurs programmes sont en français. Eh bien nous ce qu'on veut, c'est former professionnellement des agents qui parlent malien, tu vois ?

— L'Etat investit à combien ?

— Très peu, presque rien, à peine le budget de fonctionnement. Nous, on est en train de mettre en place une structure…

Oui : vieille. Elle voulait être arrivée au bout de quelque chose, vivre son temps et que tout se calme. Avant cela, ce grand apaisement, il fallait juste qu'elle traverse les jours, les mois, les années, le moins stupidement possible. Les bébés ont rarement autant de cheveux, mais est-ce que cela veut dire qu'ils gardent en grandissant une jolie chevelure ? Est-ce que son fils deviendrait un jour comme les autres, ces hommes au crâne dégarni, comme un défaut qui les fait douter de leur pouvoir ? Est-ce qu'on voit moins battre la fontanelle quand les bébés ont beaucoup de cheveux ? Si elle était vieille, Lola se ficherait d'être cassée en deux, le cou brisé et forcée à regarder sans cesse le bout de ses chaussures sur le bitume et de traverser la rue avec les voitures qui s'impatientent et n'osent protester. Elle voulait exactement ressembler à ça plus tard : une vieille femme qui bloque la circulation simplement parce qu'elle va d'un trottoir à l'autre cassée en deux, tenant sa canne d'une main noueuse aussi tachée que les aiguilles des grands pins qui vont mourir. Et quand elle aurait fini de traverser, oh comme elle savait la fureur avec laquelle les voitures s'élanceraient de nouveau, et elle, elle saurait juste une chose : elle serait arrivée.

— Hein, mon amour ? demandait Samuel. Tu m'accompagneras au Mali, pour ma mission de novembre.

— Quoi ?

Samuel leva les yeux au ciel et dit à Denis, avec un accablement satisfait :

— Elle rêve tout le temps, elle plane !

— Tu parles de moi à la troisième personne ?

Il se raidit. Sa colonne vertébrale faisait un petit creux soudain, juste au-dessus des fesses, comme les danseurs de tango.

— Tu n'aurais pas trop bu, toi ? lui demanda-t-il.

— Plus que toi. Samuel ne supporte pas la vodka, dit-elle à Denis.

— Moins fort la musique ! cria celui-ci. Non mais quel crincrin, je te jure !

— C'est Oxmo Puccino, dit Lola. Tu pourrais peut-être lui filer un coup de main, Samuel, il est d'origine malienne, tu lui apprendrais des choses sur la communication, non ?

— C'est ironique ?

— Très. « Les gens se rapprochent comme pour s'éloigner, la moitié de nos souvenirs peuvent en témoigner », c'est pas mal non ?

— Oui mais là, dit Denis, c'était… Elle met sa musique à fond, juste pour nous emmerder !

— Maintenant on est au calme, dit Lola en souriant. A partir de quel âge tu as commencé à perdre tes cheveux, Denis ?

— Ça se voit tant que ça ?

— Ça se voit.

— 45 ans.

— Ça t'ennuie ?

— Terriblement.

— Pourquoi ?

Il se mit à rire.

— Allez ! Dis-moi pourquoi !

Il lui semblait que Denis rougissait un peu, mais il faisait sombre et elle ne pouvait en être sûre. Il lui semblait aussi que, loin de le gêner, les questions de Lola lui faisaient plaisir. Si elle avait été mariée à Denis, elle l'aurait peut-être trompé elle aussi, mais elle n'aurait jamais cessé de prendre soin de lui, sûrement il en avait assez d'être la cariatide, celui qui porte une famille qui ne se fait jamais de souci pour lui. Elle savait qu'il partait parfois dans le désert, Delphine lui avait dit, et de cela Delphine était jalouse. Elle aurait préféré qu'il voyage avec des escort girls, qu'il ait une ou deux maîtresses à New York ou Hong Kong, mais ce besoin de solitude, ce besoin de recueillement *sans elle !* La trahison qui vient de l'intérieur. Samuel les laissa là. Alors Denis se pencha un peu vers Lola et dit doucement :

— Perdre mes cheveux m'ennuie parce que j'ai peur qu'un jour… c'est très con… non mais c'est stupide, je sais, écoute… j'ai peur qu'un jour on m'appelle : « Crâne d'œuf ! »

Lola se dit que tout compte fait, cet homme-là, elle ne l'aurait jamais trompé. Et il se tenait là, à lui sourire étrangement, elle entendait le cri des mouettes, rapide, tenace, et les premiers pétards lancés sur la plage.

— Personne ne t'appellera jamais comme ça, dit-elle.

Il rit un peu en secouant la tête, soulagé comme un élève qui vient d'avoir un examen à un point près. Et puis il se redressa, grand, beau, le propriétaire des lieux, ses yeux faisaient le tour du jardin, tout était en place et son Sex on the beach avait été meilleur que l'année dernière. Il avait eu peur qu'il soit un peu amer mais tous avaient dit qu'il faisait partie des « meilleurs depuis de nombreuses années ».

Nicolas regardait le ciel brouiller les couleurs du jour, le soleil s'enfoncer derrière l'horizon, énorme, d'une beauté infaillible, comme un immense dédain. Il restait là, à regarder ce basculement des heures et de l'air, et il ne savait à qui demander un peu d'aide. Delphine lui avait dit qu'elle quittait Denis, Alex et Jeanne, et puis elle était partie chercher les fruits de mer pour le dîner : araignées, crabes, huîtres, langoustines, cela coûtait toujours une fortune à Denis, cela aussi faisait partie du rituel. Le 14 juillet on regardait la nuit tomber, sur la mer, sur la plage et le jardin, la guirlande multicolore accrochée au grand pin donnait un petit air de guinguette à la maison, les bougies sur le muret et le rebord des fenêtres on mangeait des fruits de mer, on attendait minuit. Le feu d'artifice. Nicolas se souvenait de Delphine enceinte de Jeanne, la main posée sur son ventre, ses robes plus tachées que jamais, les cernes sous ses yeux bleus creusaient son visage et lui donnaient l'air évasif. C'était le premier été dans la maison, le premier 14 juillet, et Delphine qui allait accoucher le mois suivant ne semblait réelle et ne s'animait que lorsqu'elle voyait Denis passer. Il s'approchait d'elle, lui parlait en caressant ses cheveux, son ventre, ses bras, et leurs visages se touchaient. Ils riaient. Denis repartait, se retournant plusieurs fois, il lui faisait des petits signes, elle recommençait à rire, puis dès qu'il était vraiment parti, elle reprenait son air un peu idiot de femme paresseuse et butée, occupée à rien d'autre qu'à être enceinte. Et maintenant Nicolas se disait qu'il ne la laisserait pas quitter Denis et les enfants. Cela n'arriverait pas. Des résistants détournent des trains, des handicapés font du ski, des étudiants se plantent devant des chars, des clandestins nageaient en ce moment même peut-être dans la Manche, dans l'espoir d'atteindre l'Angleterre, et lui resterait dans ce jardin à suçoter des pattes d'écrevisses en tentant de ne jamais croiser le regard de Denis ? Le soleil plongeait dans la mer et la mer ne prenait pas feu. Nicolas était vivant et inutile. Vivant et fautif. Il entendit le rire d'Alex parce qu'on avait allumé la guirlande dans le grand pin, il le soupçonnait d'avoir quelques pétards dans ses poches. Planté un peu à l'écart, Samuel le regardait, comme un écolier méfiant, qui cherche ses alliés. Si seulement ce garçon savait la chance qu'il avait ! Il était plein d'amour, de projets et d'innocence, il s'acharnait à s'élever socialement, il voulait être utile à l'Afrique et faire de Lola sa femme, deux causes perdues, mais après tout : pourquoi pas ? S'il y en avait un ce soir qui pouvait s'en sortir, c'était peut-être lui, Samuel l'amoureux si jeune qui se rêvait conquérant. Nicolas alla à lui :

— J'espère que tu aimes les fruits de mer, lui dit-il.

— Pas du tout, je préfère la purée ! Avec du jambon mixé bien sûr.

— Dis donc, je repensais à… je me disais que finalement… Finalement, pour Lola, tu fais comme tu veux…

— Merci.

— Le prends pas mal.

— Je dis merci, c'est tout.

— Lola… c'est toi qui la connais le mieux… si ça se trouve…

— Si ça se trouve.

— Tu sais, Denis et moi, on l'a toujours vue un peu… enfin tu sais… elle part, elle revient, elle se passionne pour les pays en guerre, et puis après elle ne veut plus rien écouter que le silence… C'est compliqué… Enfin bref ! Peut-être que nos femmes te diraient que tu as raison, qu'elle attend que ça : le mariage.

Samuel alluma une cigarette. L'allumette dessina sur son visage un éclair étrange, il semblait plus sûr de lui, ne cherchant plus l'amitié de Nicolas et Denis, pas même une complicité. Il était trop neuf. Les sentiments ne se rattrapent pas. Ne se transmettent pas. Une amitié de plus de trente ans ! Tant de joies, de colères, de déceptions et d'engouements. Ces soirées à boire et celles à attendre : le résultat d'un examen, la naissance d'un enfant, le lever du rideau, la signature d'un contrat. Et les secrets honteux, les paniques, et les rires d'hommes qui peuvent se laisser aller au graveleux, à l'outrance, à la fraternité sacrée. Samuel était trop jeune, son cœur était un muscle au mieux de sa forme, eux avaient du cholestérol et des angoisses, des regrets et tellement de doutes. Jeanne ouvrit sa fenêtre brutalement, et les vitres tremblèrent un peu. Elle posa une enceinte sur le rebord de la fenêtre, avant d'éteindre la lumière et de descendre les rejoindre. Les traits allongés du soleil s'étaient effacés dans le ciel quand la voix d'Oxmo Puccino retentit si fort, qu'il semblait que le rappeur avait été invité dans le jardin.

Dehors, les hommes ouvraient les huîtres, débouchaient les bouteilles, Alex et Enzo posaient des rondelles de citron sur la longue table, Rose regardait ces crustacés qu'elle n'avait jamais vus, et Jeanne lui promettait d'aller avec elle à la pêche aux crevettes le lendemain. Dans la cuisine Delphine et Marie préparaient les crabes, les araignées et les langoustines, il semblait que chacun reprenait un rôle ancien, un peu compliqué et secret.

— D'accord j'arrête le métier, mais toi, tu me conseilles de faire quoi ? Tu me verrais faire quoi ?

— Je te conseille de devenir riche ! dit Delphine.

— T'es chiante, hein, je te parle sérieusement là.

— Tu as 52 ans ça suffit non, la galère ?

— Tu crois que je pourrais aller habiter dans ma maison en Bourgogne, et puis vivre comme ça de mon potager, entourée de mes chats et de mes livres ?

— Et les poules ! N'oublie pas les poules ! Et les lapins aussi. Oui ça c'est chouette... Tu sentiras toujours un peu la crotte j'imagine, ce sera sexy. Et tous les samedis tu attendras ton homme à la gare routière de Rogny-les-Sept-Ecluses, bien emmitouflée dans ton gros pull informe, compte pas sur moi pour venir goûter tes confitures, hein !

— Tu as raison c'est nul… La campagne c'est comme le magnésium, c'est bien sous forme de cure, mais sur le long terme on en perd tous les bénéfices… Avec de l'argent, qu'est-ce que je ferais ?

— Rien. Tu goûterais les choses. Le temps qui passe… Le bruit de la pluie par la fenêtre ouverte, l'odeur de Paris au mois de mai, un café dans les jardins du Palais-Royal, un verre de vin face à la pyramide du Louvre…

— C'est ce que tu fais ?

— Non… Moi je m'agite. C'est moins difficile.

— L'eau bout, il faut mettre les écrevisses.

Delphine savait ce que Marie ignorait : c'était leur dernier 14 juillet, cela n'existerait plus, le rituel des écrevisses et le feu d'artifice sur la plage. Les choses meurent. Les années passent et on peut décider soudain qu'elles ne se ressembleront plus. Mais est-ce que Marie accepterait de la voir, encore ? Elle se souvenait de cette phrase que se disent les petites filles les unes aux autres : « Bonjour, est-ce que tu veux être mon amie ? » Devenue adulte, on est moins directe, on biaise, on prend des détours, la parade attendue de la séduction… La vapeur flottait dans la cuisine, par la fenêtre ouverte elles entendaient les voix qui venaient du jardin.

— Marie ?

— Je sais, il faut les égoutter maintenant.

— Non, enfin si, mais, je voulais te demander… Tu n'as pas envie de savoir ce qu'il s'est passé il y a trois ans, pour Nicolas ?

— J'ai bien réfléchi. Et finalement, non. Je ne veux pas savoir.

— Pourquoi ?

— Je préfère le voir comme il a choisi que je le voie. S'il veut me cacher des choses parce que ça lui fait du bien, c'est son droit. Je ne suis pas pour la dictature de la vérité. On a le droit de créer sa légende.

— Ça le soulagerait, peut-être ?

— Si ça le soulageait, il me l'aurait déjà dit. J'ai besoin d'argent, tu sais, j'en ai besoin pour vivre, et j'ai emprunté à Lola.

— Tu as demandé de l'argent… à Lola ?

— Cette nuit même. Dans ta cuisine. Je dois avoir tout remboursé dans un an moins un jour.

— Pourquoi tu ne m'as pas demandé, à moi ?

— Mais parce que j'aurais eu l'impression de prendre l'argent de Denis.

— Ah oui bien sûr…

— C'était trop compliqué.

— C'est vrai, c'est l'argent de Denis. La maison de Denis. Les enfants de Denis. Le bateau et le cheval de Denis. Sans oublier la voiture, l'usine et les actions de Denis… La femme de Denis…

Les rires qui venaient du jardin se bousculaient, c'étaient des rires les uns sur les autres, des joies un peu décousues, lancées dans la nuit, l'impatience des enfants avant le feu d'artifice et le bal, leur envie de partager ces heures avec les adultes, se coucher aussi tard qu'eux et croire ce qu'ils disent.

— Tu sais, moi aussi j'aurais pu te prêter de l'argent. J'ai fait un petit héritage il y a un an.

— T'inquiète pas, de toute façon je ne vais pas être longue à rembourser Lola. Je crois que je vais tout miser sur un cheval de course et gagner.

— Pardon ?

— J'ai un ami qui a un cheval et qui joue, tu n'imagines pas ce qu'un cheval de course peut rapporter.

— Tu n'es pas sérieuse ?

— Je suis très sérieuse. C'est l'argent qui ne l'est pas. Alors autant jouer. Mais gros.

Delphine porta la main à sa bouche, ses yeux disaient un étonnement furieux et admiratif, elle hésitait à trouver cela magnifique, mais quelque chose la retenait. Elle avait toujours respecté l'argent, elle en jouissait en connaissance de cause, et ça n'était pas un jeu.

— Tu vas jouer l'argent de Lola aux courses ? C'est ça que tu vas faire ? Et si tu perds ?

— Je ne perdrai pas.

Marie passa son bras par-dessus l'épaule de Delphine :

— Fais pas la gueule, hein, ma petite bourgeoise chérie.

— Je fais pas la gueule. Tu m'énerves c'est tout.

— Mais non je t'énerve pas, je te perturbe, c'est pas pareil. Faudra que tu me passes des petites chaussures à talons pour que j'aille à Longchamp, hein, je voudrais pas dépareiller.

— T'inquiète pas, je t'accompagnerai.

— Tu m'accompagneras sur les champs de course ?

— Evidemment ! Je les connais mieux que toi, je serai ton coach. Et en échange j'exige dix pour cent sur les gains.

— J'ai toujours su que tu étais malhonnête !

Voilà, voilà ! se dit Delphine. Elle aussi elle va changer, elle aussi on pourrait la traiter de femme inconsciente, irresponsable et folle, et nous serons pareilles toutes les deux, aucune raison de se quitter car ce n'était pas une amitié de rendez-vous, de belle baraque au bord de la mer, non ! C'est moi peut-être, qu'elle aime. Sans mari, sans enfant, sans argent. Je peux rester moi. Ou le devenir. Et elle m'aimera, encore.

Nicolas les regardait tous autour de la table, cette cène rituelle et sacrée, qu'il ne laisserait jamais prendre fin. Il voyait ces visages marqués par les ans, les étés au soleil, les rires, les ivresses. Il avait vu se former les couples et puis naître les enfants, ils avaient été ensemble dans les gares et les théâtres, les brasseries parisiennes, les plages sous la pluie, les cuisines enfumées. Ils s'étaient donné des rendez-vous, ils s'étaient parlé au téléphone, deux secondes, trois heures, les femmes discutaient des hommes, les hommes étaient fiers de leurs femmes, et chacun venait en aide aux autres dans ces moments de la vie qu'on nomme un problème, un gros gros problème, une emmerde, une tragédie. Il fit tinter son verre, demandant en vain le silence.

— Taisez-vous ! hurla Alex. Nicolas va parler, taisez-vous !

Rose les regardait et se demandait s'ils l'inviteraient l'année prochaine, si seulement ils se souviendraient d'elle.

— Mais taisez-vous ! hurla le petit.

Et ils se turent. Se tournèrent vers Nicolas, debout, son verre à la main.

— Mes amis ! Mes amis ! dit-il.

Ils attendaient. Lui, avait bu et vacillait un peu, il se racla la gorge :

— Je voulais vous dire une chose !

Il hésita, alors il y eut quelques rires furtifs, comme des souffles.

— Vas-y mon amour, dit Marie tout bas.

— En fait, non. Je ne voulais rien vous dire.

Il y eut des exclamations, des moqueries, Nicolas sourit du sourire entendu de celui qui s'y attendait, et enchaîna :

— Je ne voulais rien vous dire, je voulais vous réciter… si je m'en souviens, un poème de Baudelaire.

— Oh non ! C'est toujours le même ! dit Alex.

— « Il faut toujours être ivre ! », commença-t-il.

— Bravo !

— Bien parlé !

— Non mais laissez-le continuer !

— « Tout est là. C'est l'unique question… C'est l'unique question… Il faut… Il faut vous enivrer tout le temps ! »

— Pas « tout le temps » : « sans trêve ! », dit Denis, putain tu pourrais t'en souvenir quand même, ça fait seize ans que tu le récites, beurré comme un petit Lu !

— « Enivrez-vous ! Et si quelquefois sur les marches d'un palais, sur l'herbe verte d'un fossé, dans la solitude morne de votre chambre, vous vous réveillez… »

— Ah j'aimais mieux quand tu t'en souvenais pas ! dit Denis.

Et il se leva pour remplir le verre de Nicolas. Tous deux se rassirent, et on fit passer les plats, les bouteilles, comme pour impulser une nouvelle humeur.

Lola se dit que c'était peut-être le moment : chacun se lèverait et dirait la vérité. Elle dirait : « Silence ! Les amis je vous demande un peu de silence ! Merci. J'ai abandonné mon fils ! J'ai donné mon bébé. J'avais 16 ans. La maternité Saint-Vincent de Paul. J'y suis allée seule. Et j'en suis ressortie plus seule encore. La tête et le ventre vides. Après cela, je suis restée huit ans à ne plus supporter qu'un homme m'approche. Santé ! »

— Lola, tu as prêté de l'argent à Marie ?

— Pardon ?

— Tu as prêté de l'argent à Marie ? demanda encore Delphine.

— Oui. Pourquoi ?

— Pour rien. Tu aurais pu m'en parler, j'aurais pu l'aider moi aussi.

— Ben aide-la, si tu veux. On va pas parler fric tout le week-end, si ?

Non, se dit Delphine, on va pas parler fric tout le week-end, on va parler langoustines, aussi, et dès qu'une émotion surgira, Denis remplira les verres. C'est le principe du rite : l'immobilisme.

— Il fait la gueule Samuel, ou je me trompe ? demanda Marie.

— Il fait pas la gueule, dit Lola, c'est la tête qu'il prend quand il veut faire le monsieur sérieux, le type un peu au-dessus de la mêlée, tu saisis ? Là, tel que tu le vois, il est en train d'évaluer notre taux d'alcool à tous, et il le déplore, voilà ! C'est la tête du type qui déplore !

— Tais-toi ! souffla Delphine.

Samuel s'était levé, il avait fait tinter son verre et se tenait, pareil à Nicolas l'instant d'avant, plus droit cependant, un peu raide et incertain. Il était déplacé. Lola eut honte à sa place.

— Ne vous inquiétez pas, dit-il, je ne vous réciterai pas de poème… Non. Ce soir, dans ce jardin, avec vous, admis peut-être…

Lola se leva, elle allait faire son annonce, elle allait tirer la nappe et renverser les chaises. Tout foutre en l'air.

— Samuel et moi, on voulait vous remercier ! annonça-t-elle avec l'humeur joyeuse de celle qui découvre qu'il fait beau. Non mais vraiment !

Elle se tourna vers Rose et Enzo :

— Rose, Enzo, Samuel, vous les avez accueillis tous les trois, avec tant de générosité…

Et elle sentit leur réprobation à tous, elle savait qu'une fois de plus elle paraissait être celle qui ne sait ni aimer ni être aimée. La fille un peu croqueuse d'hommes et superficielle, remuante et amusante aussi, car elle était celle qui a vu « des choses », celle qui donnait à leur petit groupe un peu d'imprévu, et elle remplissait bien le rôle qu'on lui avait dévolu.

— Je vous aime beaucoup, dit-elle. Déconnez pas trop. Voilà… C'est tout… Santé !

Elle leva son verre. Samuel leva le sien. Lola avait repris la main. Elle était sur son « territoire », comme elle disait. Mais il n'avait pas peur de la bataille. Il alla à elle, lentement, conscient que tous le regardaient. Il n'avait pas bu, pourtant ses jambes tremblaient, il avait la démarche douloureuse de Nicolas, l'orgueil de Denis, il leur ressemblait plus qu'ils ne le croyaient. Lola le regardait venir à elle, et son corps recula un peu. Alors il lui prit son verre des mains, le posa sur la table sans la quitter des yeux, la tint par les épaules, d'un mouvement sûr, un peu brusque, la renversa en arrière et l'embrassa, longuement, violemment, à pleine bouche. Il entendit le petit rire d'Alex, le mouvement de ceux qui se levaient, se déplaçaient pour mieux voir, il sentait la fureur de Lola, puis brusquement il cessa de l'embrasser, la replaça droite, comme il l'aurait fait avec un objet lourd, lui rendit son verre et retourna à sa place. Il lui semblait que la nuit était piquée d'éclairs lumineux, et que c'était la dernière nuit d'une vie sans éclat.

Les familles, les groupes arrivaient de partout. Les enfants tenaient à bout de bras des lanternes de papier, leurs visages graves pris dans les lumières flottantes, ils avançaient vers la plage. Ils y rejoignaient d'autres familles, des adolescents à qui bientôt, dans une poignée d'années, ils ressembleraient. C'était un soir à part, on allait lancer dans un fracas de coups de feu, des éclairs qui approfondiraient le ciel, puis s'évanouiraient sans bruit ; un sursaut coloré, et la nuit. Des femmes avaient amené leur pliant et se tenaient assises, grasses et attentives, face au ciel confondu à la mer, avec la patience de celles que rien n'étonne. A leurs côtés des hommes parlaient fort, avec un accent bourru, des phrases courtes qui semblaient tout savoir. Des couples se tenaient assis sur la digue, le chandail noué autour du cou, beaux et nonchalants, comme s'il fût normal d'être deux et d'être heureux. Nicolas se demanda combien, parmi les hommes qui traversaient cette nuit la Manche à la nage, arriveraient sains et saufs. La mer sait des choses que nous ignorons. Lola voyait le visage des adolescentes dans les lumières furtives, elles riaient, elles bougeaient, en vue d'une seule chose : être remarquées, choisies, aimées par un garçon, n'importe lequel, un avec qui elles se lanceraient dans ce qu'on appelle « une histoire ». Il était une fois... Il était une fois, sur la plage de Coutainville, le 14 juillet... Et là s'arrête le conte de fées. A ses côtés, Delphine voyait le dos de Denis, ses épaules larges, sa nuque où bouclaient étrangement ses cheveux, comme une dernière fragilité venue de l'enfance. Alex expliquait à Denis l'énergie atomique du feu d'artifice et l'oxydation des couleurs, elle se demanda où il piochait toutes ces histoires, et lorsqu'il serait père à son tour, se tiendrait-il pareil au sien, un papa attentif, riche, beau, se rapprochant de ses enfants pour mieux éviter leur mère ? Ignorant qu'elle est là, juste derrière eux, et que la nuque aux cheveux rares et bouclés de son mari est un trouble qui la surprend ? Quelque chose qu'elle a tant aimé, et qui n'est plus qu'une nuque ? Jeanne et Rose avaient retrouvé Dimitri, et quelques copines de Jeanne, Delphine n'aurait su dire leurs noms, elle les confondait et à quoi bon essayer de les distinguer ? Ne deviendraient-elles pas bientôt des femmes semblables, surmenées et exigeantes ? La vie les prendrait dans son courant violent comme de minuscules poissons embarqués dans les rapides, et elles penseraient aller vite alors qu'elles ne seraient que projetées dans le rythme commun. Au milieu d'elles Dimitri semblait le seul garçon, ce qui n'était pas le cas, mais son immobilité, sa silhouette tendue si droite dans la nuit lui donnait une allure protectrice et vigilante. On n'aurait su dire cependant s'il les protégeait ou hésitait à les fuir. Marie rejoignit ses amies :

— J'ai perdu Nicolas dans cette foule.

Delphine le lui indiqua, un peu plus loin, qui parlait avec des copains, des cavaliers avec qui elle montait à cheval, avant.

— Qui c'est ceux-là ?

— Baptiste et Guillemette de Saint-Pierre, ils ont fait fortune dans le flageolet.

— Qu'est-ce que Nicolas fait avec eux ?

— Ils ont des chevaux. Mais je te retiens tout de suite : pas des chevaux de course, c'est pas le style. Ils sont économes, apeurés et prévoyants, leur fortune est immaculée, ils n'y touchent jamais. Ils n'ont besoin que d'une chose : savoir qu'elle est là.

Marie les regarda avec un intérêt de néophyte, tentant de discerner dans l'obscurité, en quoi ces gens pleins aux as pouvaient être différents. A quoi cela se reconnaît-il que la vie est sans soucis ?

— Ah mais vous êtes là les filles ! dit Alex qui s'était retourné.

— Eh oui mon bonhomme, dit Lola, tous groupés jusqu'à demain !

— Tu sais pourquoi le feu d'artifice a des couleurs ?

— Ah moi je sais, dit Marie, tu me l'as montré dans ton grand cahier.

Denis s'était retourné aussi. Il fut désagréablement surpris de voir qu'elles étaient juste derrière eux. Delphine le regardait étrangement, comme si soudain l'hostilité lui demandait un effort trop grand, et il vit sa fatigue, ses yeux marquaient son visage comme deux bouts de ciel merveilleusement bleus dans cette obscurité, peut-être avait-elle la fièvre, il voulut lui dire de ne pas se faire de souci : il ferait venir un spécialiste pour le grand pin, et on le guérirait. Mais alors qu'il allait parler, alors qu'un élan de tendresse déçue le poussait vers elle, il se rappela sa résolution : être heureux, le temps qu'il reste.

— Samuel te cherche, dit-il à Lola.

— Il veut encore t'embrasser je crois, dit Alex en camouflant un rire heureux.

— Moi je crois qu'il veut la manger, plutôt, dit Marie, la manger toute crue !

— C'est l'amour je crois, hein Lola, tu crois pas que c'est l'amour ?

— Mais tu es pénible Alex, laisse-la tranquille ! dit Delphine.

Denis la regarda avec amertume, puis dit doucement au petit, comme une confidence amusante :

— Ne parle jamais d'amour devant ta maman, ça l'agace.

Il attrapa l'enfant par l'épaule et ils s'éloignèrent.

— Qu'est-ce qui te prend ? demanda Marie.

— Quoi : qu'est-ce qui me prend ? Il va trop loin, c'est tout.

— Tu déconnes, je te jure, il y est pour rien ce môme si tu détestes son père !

— Qui t'a dit que je détestais son père ?

— Taisez-vous, le feu d'artifice commence. Taisez-vous, dit Lola.

Elle leur prit la main. Elle voulait vivre cette nuit-là comme un temps arrêté. Qu'il ne s'y passe rien d'important, qu'ils soient superficiels et n'éprouvent rien d'autre que des sentiments à la joie simple un peu primaire. Ainsi ils seraient insouciants et naïfs jusqu'au lendemain.

C'était un petit feu d'artifice, sans beaucoup de moyens, il ne dura pas longtemps, et très vite ils applaudirent tous sur la plage plongée de nouveau dans la nuit, et ces silhouettes qui se tenaient face à l'immensité noire semblaient rendre hommage à une divinité païenne. Marie songea que cela lui manquerait : le son des applaudissements. Elle aimait, aux saluts, savoir qu'au même instant, dans tant de salles à Paris, en banlieue, en province, des hommes et des femmes dans le noir applaudissaient des saltimbanques dans la lumière, juste avant qu'ils ne se démaquillent dans des loges trop petites, sommairement décorées de fleurs fatiguées, de petits mots d'encouragements et de photos dans les biseaux des miroirs tachés. Les enfants repartirent avec leurs lanternes fragiles, les rires des adolescents se voulaient dominants et heureux, un homme se félicita que cela soit plus beau qu'à Lion-sur-Mer, un petit garçon dit à sa mère qu'il avait grandi il n'avait pas eu peur, Oh oui, lui dit sa mère, tu es grand maintenant, où est ton père ? Déjà on lançait des pétards et cela sentait la poudre, et la musique retentit, qui venait de la place. Marie rejoignit Nicolas et Denis, qui allaient à Coutainville par la plage. Ils virent les nuages de plus en plus nombreux, passer devant la lune rouge. Ils virent la lumière lointaine d'un bateau. Les vacanciers sur la digue éclairée. Les réverbères réguliers, et la brume timide dans le halo des ampoules. Ils virent les habitants aux fenêtres des maisons sur la digue, qui se félicitent d'être « aux premières loges » pour le feu d'artifice, n'ont pas besoin de descendre sur la plage et regardent cette agitation avec la condescendance de ceux qui ont toujours un peu plus de chance que les autres.

— Il n'y a plus d'étoiles, dit Denis.

— Non, on ne les voit plus, dit Nicolas.

Et Marie trouva cela drôle, cette réflexion enfantine : ce qu'on ne voit plus n'existe plus ? Elle pensa à Anaïs à 2 ans, qui posait ses mains sur son visage et croyait alors disparaître. Marie répétait : « Vous avez vu Anaïs ? Où est Anaïs ? » et derrière ses petites mains potelées, le rire d'Anaïs faisait de minuscules cascades, puis elle les écartait brusquement, regardait sa mère qui s'écriait : « Ah la voilà ! », alors la petite laissait son rire vivre vraiment, puis recommençait… « Vous avez vu Anaïs ? Où est Anaïs ? » Où est Anaïs ? Sur la plage de Tel-Aviv. « Et vous n'avez pas peur ? » demandait-on à Marie et Nicolas. « En Israël ? Et vous n'avez pas peur ? » Elle avait envie de leur dire qu'elle avait peur depuis le début. Depuis le premier biberon, pas bu en entier, la première fièvre, la piqûre de guêpe, la chute sur la tête, le vélo sur la nationale, le métro à minuit, le petit copain minable, toujours minable par rapport à Anaïs, forcément limité, sans envergure sans éclat sans argent sans talent, oui elle avait peur et ne parvenait pas à se souvenir comment c'était, avant. Quand elle n'avait qu'elle-même. Les peurs étaient concrètes, moins diffuses. Elles ne surgissaient pas ainsi, comme des petites explosions dans le ventre. Avant elle ne pensait pas à la mort comme à une possibilité. La mort était réservée aux gens qui en avaient l'âge, « qui en avaient les moyens » disait-elle, les vieux, les malades, les pays habitués à la guerre, les peuples habitués aux famines, tout cela était loin et sans poids. Anaïs avait offert un étrange relief à l'existence de Marie. Il y avait toujours au premier plan, ou à l'arrière-plan, au milieu de sa vie, l'enfant. L'enfant vivait comme une composante, une lumière incrustée dans la pupille, on ne pouvait jamais l'oublier, même quand on n'y pensait pas, on ne l'oubliait pas, c'était impossible. Et Marie n'était pas sûre d'avoir envie de voir sa fille au mois d'août, sur la plage de Tel-Aviv, bronzée, sûre d'elle, connaissant les mots d'une langue qu'ils ne comprenaient pas, Nicolas et elle… C'était troublant d'entendre sa fille dire des choses incompréhensibles et auxquelles les autres, des étrangers, des inconnus, répondaient.

— Le vent se lève, dit Denis.

— Oui, le vent se lève, dit Nicolas.

Il laissa passer un temps, puis il essaya d'être un peu joyeux et désinvolte pour dire ce qui ne l'était pas :

— Delphine ne s'est pas fait plaquer, comme tu le croyais.

— Pardon ? demanda Denis.

Et c'était Marie qu'il regardait, comme si elle avait dû excuser Nicolas, sa stupidité et sa lourdeur.

Le vent était presque chaud maintenant, comme si en se rapprochant du centre de Coutainville l'air avait été plus compact, partagé par trop de monde. Nicolas se sentait sentimental et perdu. Il avait envie que les choses se passent autrement, avant qu'il ne soit trop tard, tant pis s'il gaffait s'il passait pour un type à côté de la plaque, un ami qui a trop bu :

— J'ai parlé avec elle… J'ai parlé avec elle ce soir et elle m'a dit…

Denis passa son bras par-dessus son épaule.

— J'ai toujours pensé que tu étais un peu amoureux de ma femme ! lança-t-il en riant.

Et Marie pensa que cela était vrai, Nicolas avait toujours été un peu amoureux de Delphine, comme on peut l'être d'une grande sœur si jolie et secrète, tellement différente et hors de tout ce qui abîme les autres femmes, les rend familières et concrètes. Mais il ne s'agissait pas de ça, pas cette nuit-là, Marie le savait. Et Denis le savait aussi. Mais il ne voulait plus rien apprendre sur Delphine, il était usé de l'avoir tant aimée, et il avait plus de 50 ans. Il savait où le menait la vie et à quoi il devait s'attendre. Il savait plus qu'aucun autre que l'argent ne protège de rien. Il donne juste quelques illusions aux inconscients, mais lui savait. Il s'en voulait d'attendre après une rencontre, une autre femme pour être heureux le temps qu'il restait. Il aurait aimé être capable d'autre chose, se réfugier pour toujours dans le désert et y puiser sa joie. Il aurait aimé être cet homme-là, dépouillé et sage. Il ne l'était pas. Il aimait le luxe parce que le luxe permet de ne pas penser aux choses terre à terre. Il savait qu'il avait passé une frontière et qu'il y avait des détresses qu'il ne connaîtrait jamais. Il vivait dans un monde solide, avec des maisons, des biens, des armoires et des comptes en banque garnis à ras bord. Il ne connaîtrait jamais le manque, les appartements minables, les voitures en panne, les vacances sur le balcon et les chaussures qui font mal. Il était en zone libre, pour toujours.

— Tu danseras avec moi, quand même ? demanda Marie à Nicolas.

— Pourquoi « quand même » ?

— Parce que… ta hanche…

— Au contraire, dit Nicolas, il faut que je la fasse travailler.

— « Travailler ! Travailler ! », merde ! dit Denis, tu peux pas simplement dire que tu es heureux de danser avec ta femme ?

— Je suis heureux de danser avec ma femme.

Et Nicolas se demanda pourquoi Denis ne cessait de lui couper la parole, pourquoi il était si faussement allègre, porteur d'une joie surfaite et autoritaire. Au loin Nancy Sinatra chantait *Bang Bang*, le ukulélé tremblait dans la nuit en ondes fragiles, « I was five and he was six, we rode on horses made of sticks », alors ils se turent, et marchèrent ainsi entre le son lointain du ukulélé et le bruit si proche de la mer qui, imperceptiblement, par vagues discrètes, se retirait, comme un témoin qui sort à reculons et dont on ne se rendra compte de l'absence que par le silence que cela fait.

Jeanne se sentait belle. Les strass dans ses cheveux n'étaient pas faux, sa peau était parfaite, elle n'avait pas pris un coup de soleil sur le nez et elle avait le tour de taille de Victoria Beckham, même dans sa jupe taille 40, elle était heureuse, elle faisait partie d'une de ces familles riches de Coutainville, une famille unie, drôle, entourée d'amis dont elle était la mascotte. Elle attendait qu'un inconnu l'invite à danser. Elle attendait que le bassiste tombe raide dingue au premier regard et lui dédie ses morceaux en tremblant. Elle attendait que Rose l'admire et tente de la copier sans y arriver jamais. Elle attendait que son père lui fasse la leçon parce qu'elle était si jolie et que tous les garçons allaient lui ravir sa princesse. Mais il ne se passait rien. C'était la même petite fête ringarde que lorsqu'elle avait 5 ans et qu'elle tournait sur elle-même pour que sa jupe à volants flotte dans l'air. C'étaient les mêmes garçons que ceux avec qui pendant des années elle avait fait des concours de châteaux de sable et alors ils gagnaient un fanion bleu et un numéro d'*Okapi* avec un ballon péteur ou un bob au logo du club Mickey. Aujourd'hui ils avaient juste des mollets plus grands et poilus, des casquettes à l'envers et des iPod. Mais c'étaient les mêmes et ils s'appelaient toujours Julien Petitgirard, Guillaume Lévy ou Pierre-André Capdevielle. Il était impossible de rêver d'eux. Impossible de les voir autrement que comme d'anciens compagnons de trampoline. Jeanne se sentait belle pour personne. Et surtout pas pour elle-même. Elle arracha sa barrette en faux strass et partit sur la plage. Après avoir regardé quelques secondes son pied racler le sol, comme un cheval nerveux, Dimitri quitta le fond de la salle où il s'était réfugié et la suivit.

— Le Sex on the beach, expliquait Samuel au barman, c'est vraiment le truc pas cher tu vois, fait pour t'assommer.

— Nnnon…

— Ecoute, c'est très surestimé ! On t'en commande souvent ?

— Non, jamais.

— Ah ! Ça m'étonne pas. Très surestimé.

— J'en fais pas.

— Ah oui… ? Ah ben ça doit être pour ça alors qu'on t'en commande pas.

— Ouais sûrement.

Samuel pivota sur son tabouret, se demandant pourquoi il avait commandé une vodka et surtout pourquoi il tutoyait ce barman, bien plus âgé que lui au demeurant. Se sentait-il riche parmi les riches, l'ami du seigneur du village, autorisé à toutes familiarités ? « Alors mon brave, vos cocktails sont-ils aussi bons qu'au château ? », et il se mit à rire tout seul, il était le type qui avait su mater Lola pendant… au moins dix bonnes secondes devant sa garde rapprochée, les intimes, ceux qui auraient presque pu dire dans l'ordre les noms de ses amants, les passagers, les soumis qui buvaient des Sex on the beach sans perturber le grand rite annuel, la jolie fête dans le joli jardin. Et soudain il désirait que tous cessent de vieillir et l'attendent. Il allait les rejoindre. Il serait le copain plein de souvenirs et de 14 juillet, il trônerait sur les photos, on appellerait la chambre-bateau : « la chambre de Samuel et Lola », il aurait des bottes à sa taille dans la cabine du bateau et on connaîtrait la marque de son whisky préféré. Une fille aux talons compensés démesurément hauts était montée sur l'estrade, elle avait un short en jean trop petit et des seins énormes sous un tee-shirt vert pomme. Dès les premières notes de la cornemuse, remplacée pour l'occasion par un violon, Samuel reconnut la terrible musique de *Titanic*. La fille, qui devait avoir 30 ans et paraissait aussi fatiguée que si elle les avait tous passés dans des bals de village, envoya ses cheveux en arrière et prit l'air navré et suppliant de Céline Dion avant de se lancer : « Every night in my dreams I see you I feel you », puis elle envoya discrètement la main en arrière pour attraper une canette de bière déjà décapsulée. Le numéro était au point. Samuel se demanda ce qu'on pouvait bien danser sur cette musique faussement irlandaise. Il n'avait pas trouvé Lola sur la plage et le feu d'artifice était passé sans qu'il la demande en mariage et maintenant il ne savait plus s'il l'aimait ou s'il était juste fou d'orgueil. Il se souvenait, dans le jardin de Mâcon, de la bagarre pendant vingt ans entre son père et le voisin pour un mur mitoyen. Il se souvenait de la facilité avec laquelle le besoin de gagner fait oublier la vie. Il ferma les yeux, tentant de se souvenir… Dans ce bar, la première fois qu'il avait vu Lola, elle s'avançait vers lui… droite, belle, décidée… et puis soudain, un de ses talons avait dérapé et elle avait flanché, et cela l'avait fait rire, sans cesser de regarder Samuel et d'aller à lui. Malgré lui il avait eu un geste, comme pour la retenir de tomber, ce qui était idiot, car elle était bien trop loin. Et le temps lui avait semblé long avant que cette fille qui boitait en riant n'arrive jusqu'à lui et lui dise :

— Bonsoir, je crois qu'on ne se connaît pas ?

Mais lui la connaissait, il avait vu son visage à la télévision le soir dans la salle à manger de Mâcon, mais il n'avait osé le lui dire. Elle avait retiré ses chaussures pour les poser sur le zinc avec une autorité mal assurée :

— J'ai cassé mon talon. Une tequila Pedro mon chéri !

Et Pedro le barman l'avait servie avec empressement, elle tapait pourtant sa chaussure sur le comptoir pour qu'il aille plus vite, sans quitter Samuel du regard :

— Retirez vos chaussures, s'il vous plaît.

C'était exactement le genre de choses qu'il était incapable de faire. Il se détourna d'elle, et cela fut un déchirement : quitter un instant cette femme des yeux, cette impression de tomber, comment cela était-il possible ? Sa poitrine se serre comme privée de sang, nécrosée, étroite, il grimace un peu en regardant son verre, et au fond de lui une voix lui crie de se retourner, de la retenir, et il voit le verre de tequila, la petite main si brune de Lola, les doigts aux ongles rouges, les bagues… elle prend le verre et il entend qu'on joue James Brown, et le verre glisse lentement, la main s'en va, l'autre attrape les chaussures, le talon cassé, les lanières de cuir rouge, il voit les bracelets sur le poignet si fin qu'il semble celui d'un enfant, et soudain avec une brusquerie qu'il ne se connaît pas, il pose sa main sur la sienne et il dit :

— Je ne peux pas faire ça, je ne peux pas retirer mes chaussures ici.

— Pedro mon chéri, une double tequila pour monsieur ! crie Lola et pour s'adresser à lui, elle chuchote maintenant et cela est une douleur nouvelle dans le ventre et la poitrine de Samuel : Il n'est pas question que vous me marchiez sur les pieds et j'ai l'intention de danser jusqu'à la fermeture et surtout ne me dites pas que vous savez danser, c'est faux et ça se voit. Buvez-la cul sec la tequila, je n'aime pas attendre.

Voilà comment cela avait commencé. Elle prétendait maintenant ne se souvenir de rien, avoir été bien trop soûle pour cela, il pense qu'elle ment. Est-ce qu'il l'aime ? Et à quoi reconnaît-on ce sentiment dont parlent les livres, les films, et les chansons les plus stupides ? Un coup de dé. Pile ou face. On peut décider d'être amoureux. Samuel regarda la chanteuse trentenaire sur l'estrade, qui croyait donner du poids à sa chanson en fermant les yeux comme si cela était insupportable tout cet amour, et sous ses aisselles le tee-shirt vert pomme était trempé. Un homme, une femme peut-être étaient à l'instant même en train de tomber amoureux de cette fille, quelqu'un la trouvait troublante, émue et sincère, faisant de son mieux, gagnant sa vie dans des bals minables sans que cela abîme son amour pour la musique, car elle avait décidé depuis son plus jeune âge qu'elle serait chanteuse et sa famille s'était moquée d'elle, mais finalement c'est bien ce qu'elle faisait chaque samedi soir, elle chantait, et les gens dansaient. Il vit Denis et Nicolas avec leurs femmes et quelques amis, qui buvaient des bières. Allait-il s'approcher et leur demander où était Lola ? Allait-il trinquer avec eux en parlant du coefficient des marées et des études des enfants, tous ces mots qui lancés fort par-dessus la musique, étaient sans importance et souvent sans réponse ?

— Lola est pas avec vous ?

Rose était là, endimanchée, un peu rouge et essoufflée, comme sciée en deux par trop d'angoisse. La chanteuse entonnait maintenant *L'Eté indien*, alors il l'invita à danser. Elle lui sourit avec gêne, elle ne semblait pas en avoir envie mais n'osait refuser. Sans la chaleur de la voix de Joe Dassin, les paroles de *L'Eté indien* apparaissaient dans toute leur misère. Samuel se mit à rire et alors Rose lui demanda pardon.

— Pardon pour quoi, Rose ?

— Je vous ai marché sur les pieds.

— Non. Et même si ça avait été le cas, ça ne m'aurait pas fait rire. Tu peux me tutoyer.

— D'accord.

— Bien…

Il la tenait dans ses bras avec une distance pudique, et elle pensait qu'elle le dégoûtait un peu, qu'elle sentait peut-être la transpiration, ou bien son eau de Cologne aux fleurs des Iles ne lui plaisait pas, c'était souvent le cas, elle-même avait la tête qui tournait quand elle la mettait, un vague mal au cœur, comme à l'arrière d'une voiture.

— Jeanne n'est pas avec toi ? demanda Samuel.

— Non.

— Elle est avec Dimitri ?

— Oui…

— C'est un gentil garçon. Delphine ne l'aime pas, elle a tort.

— C'est normal c'est une maman.

Il se demanda où elle avait appris ce genre de phrase qu'elle prononçait avec une tristesse accablée, une excuse que l'on déplore un peu : « c'est une maman »... Il rit encore, malgré lui.

— Il n'est pas si gentil que ça, dit Rose pour se donner un peu d'importance, car qui était-il pour se moquer d'elle ? Un invité, comme elle, et c'était tout.

— Non ? Il n'est pas si gentil que ça ?

— Oh non ! Il est surtout très intelligent !

— Ah...

— Lola a dit à Dimitri que vous aviez un enfant, c'est vrai ?

— Pardon ?

— Lola a dit à Dimitri que vous aviez un enfant, est-ce que c'est vrai ?

Samuel rit franchement, avec la conscience maintenant d'être un peu bourré :

— Delphine a raison : c'est un sacré menteur ton Dimitri ! Je n'ai pas d'enfant, Rose.

— Ah...

Et elle fronça les sourcils avec une concentration douloureuse, regardant par-dessus l'épaule de Samuel, comme si elle suspectait les autres danseurs de quelque escroquerie. Lui, ne souriait plus du tout. Quelque chose venait de basculer, quelque chose surgissait, un avertissement, un pressentiment sans objet...

— Qu'est-ce que Lola a dit à Dimitri, exactement ?

— Hein ?

— Elle lui a dit quoi ?

— A Dimitri ?

— Est-ce que Lola lui a dit qu'elle avait un enfant ? cria-t-il.

— Ben oui… Un petit garçon…

Rose était effrayée à présent, sentant la menace, y étant habituée et ne la supportant plus, n'en pouvant plus de vivre ainsi sur le qui-vive, toujours prête à se défendre ou à s'enfuir. Les larmes lui piquaient les yeux, elle détestait ça, elle ne comprenait pas d'où venaient les larmes ni pourquoi elles étaient salées et ce qu'elles signifiaient, pourquoi ce qui nous fait du mal nous fait pleurer ? Elle hésita, nerveuse, agacée, et pour finir, s'enfuit en respirant fort, bousculant les danseurs, laissant Samuel seul au milieu de la piste de danse. La chanteuse finit sa chanson avec un air de détresse terrorisée, puis elle demanda à la petite assemblée si elle était chaude ce soir yeh ! Et aussi elle disait Je vous entends mal vous êtes là est-ce que vous êtes tous là ce soir ? Samuel pensa que cette fille n'avait aucune conscience de la réalité. Et qu'en cela sûrement, ils se ressemblaient.

Ainsi ce soir-là, Denis se tenait aux côtés de Delphine, comme les autres années. Et Nicolas et Marie les accompagnaient, donnant toute sa vraisemblance à leur duo, deux inséparables couples d'amis qui boivent des bières en feignant de s'intéresser aux problèmes de succession des Lagrange, Jean et Sophie, un des rares couples qui, comme eux, « tenait ». Un couple qui tient…, songea Denis. Mais à quoi ? A quoi se raccroche-t-on ? A la peur du noir ? La peur de la grande solitude, de la vieillesse non accompagnée, des monologues et de la télé ? Nicolas vit le regard bleu et tremblé de Delphine. Elle surveillait vaguement Alex et Enzo qui dansaient ensemble en hurlant à tue-tête, faisant les idiots à défaut de savoir bouger en rythme. Il invita Marie à danser. Ses formes étaient belles, prises dans une robe noire, un épanouissement du corps qui s'ouvre sans gêne, sans complexe. Les femmes rondes sont des refuges. Il dansa serré contre elle, pour se bercer. Il ne sentait ni sa hanche, ni le monde autour, ni la moiteur de l'air. Il aurait voulu n'avoir rien entendu des confidences de Delphine, n'avoir jamais croisé Dimitri, être simplement cet homme gentil qu'il se plaisait à être, protégé du malheur.

— Je dis que la donation partage transgénérationnelle c'est une petite révolution ! hurlait Sophie Lagrange à Denis.

— Ah oui, hurla-t-il en retour, une petite révolution !

Et aussitôt il se tourna vers la piste de danse, afin qu'elle se taise, qu'elle s'adresse à quelqu'un d'autre. Il connaissait Sophie et Jean depuis dix ans et en les retrouvant chaque année, il se disait qu'il avait affreusement vieilli, car chaque année c'était sur leurs visages qu'il voyait les signes du temps qu'il ne voyait pas sur le sien. Il savait bien qu'on ne disait plus de lui qu'il était beau. On disait qu'il était bel homme, ou pire : « encore bel homme »... Jean invita Sophie à danser. Il restait seul avec Delphine, assise derrière lui. Seul avec les paroles d'une chanson anglaise qui ne lui disait rien, la chanteuse tendait le bras et faisait tourner sa main en hurlant « If you want me again » et ses cheveux collaient à son front, Denis pensa qu'il pourrait être son père et cette pensée le choqua. Depuis quand avait-il l'âge d'être le père des chanteuses, des actrices, des professeurs de ses enfants ? Depuis quand avait-il l'âge d'avoir envie de se coucher avant minuit et de ne plus croire que danser avec sa femme réparerait quoi que ce soit ? Mais qui sait, cela les soulagerait peut-être, le temps d'une chanson ? Ils tricheraient trois minutes, et quel mal y avait-il à cela ? Ce pourrait être une trêve, se dit-il et il se tourna vers elle, elle eut un léger sursaut car elle était en train de le regarder sans qu'il le sache :

— Quoi ? demanda-t-il.

Elle eut un geste pour désigner ses cheveux, les boucles sur sa nuque.

— Je comprends pas, dit-il.

Elle avança la main vers lui, sachant qu'il ne pourrait pas voir ce qu'il y avait dans son cou mais elle ne voulait pas crier par-dessus la chanteuse, et cette main tendue vers Denis était un effort plus grand qu'elle ne pouvait le dire.

— Je comprends pas, répéta-t-il si bas que lui-même ne s'entendait pas et il lui semblait qu'il parlait en se noyant.

— Tes cheveux, dit-elle, mais il ne put rien lire sur ses lèvres, et on aurait dit qu'elle le suppliait un peu, il ne savait de quoi.

Et alors ce fut comme s'ils s'étaient cognés brutalement : le choc de la présence soudaine et puissante de Lola qui s'assit aux côtés de Delphine avec une force étrange pour un si petit gabarit.

— Il est encore loin ! cria-t-elle.

— Quoi ?

— L'orage. Il est encore loin mais à mon avis on devrait rentrer fissa.

— Tu as vu Jeanne ? demanda Delphine. Je ne vois pas Jeanne.

Pourquoi Lola surgissait-elle maintenant ? Pourquoi n'était-elle pas avec Samuel, se demandait Denis. Et il lui semblait que sans la présence de Lola il aurait pu rattraper les erreurs d'une vie, simplement en invitant sa femme à danser. Cela faisait seize ans que Lola introduisait des inconnus dans sa maison, au début cela lui avait été égal, mais depuis quelques années il ne pouvait la voir rire et s'agiter bêtement avec l'un d'eux sans imaginer que Delphine avait parfois la même attitude avec les hommes qu'elle rencontrait.

— Dis donc, Lola, annonça-t-il avec une tendresse un peu pincée, Samuel nous a dit la grande nouvelle ! Le feu d'artifice est passé, tu pourrais peut-être…

— Je pourrais peut-être… ?

— L'annoncer à Delphine et Marie. Nicolas et moi on est au courant avant elles, c'est pas normal.

Cela était imparable. Mettre Nicolas dans le coup était s'assurer une légitimité incontestable. Il se pencha par-dessus la table, il souriait à Lola et sentait sa femme si proche, tellement attentive, il était sûr maintenant qu'elle aurait accepté de danser avec lui, elle aimait tellement cela, et il se rappela les concours de rock qu'ils gagnaient toujours, avant, quand ils n'avaient pas 30 ans. A l'époque Delphine portait de ridicules et adorables petites robes à fleurs roses, elle paraissait d'un autre temps avec ses petites manches ballon, elle s'habillait comme on s'habillait chez elle, la sage bourgeoisie de Saint-Mandé. Il se souvenait du jour où il lui avait tendu une paire de ciseaux et où en riant elle avait coupé ses robes, rouge et joyeusement honteuse, et à présent elle s'habillait si bien, elle était toujours si belle…

— Samuel nous a mis dans la confidence, ne lui en veux pas, il était si fier. Il tenait tellement à te faire sa demande sur la plage, après le feu d'artifice. Quelle a été ta réponse ?

Lola représentait soudain tout ce qu'il ne pouvait plus supporter. C'était pathétique ce besoin qu'elle avait encore à 38 ans de faire des conquêtes, plaire quelques mois et changer de partenaire, se présenter à un autre, nom prénom adresse métier quelques rires sous cape et trois retouches maquillage en douce.

— As-tu dit oui ? demanda-t-il alors qu'elle le regardait avec l'air égaré de celle qui ne comprend pas la langue.

Et il entendit l'orage qui venait de la mer, et la mer qui s'en allait, et la lune rouge brouillée de nuages. Il savait tout cela sans le voir, il savait quelle serait leur panique à tous lorsque la pluie commencerait à tomber, on s'appellerait et se chercherait en trébuchant sur des canettes vides, courant entre les flots de vomi et les papiers gras.

— As-tu dit oui ? répéta-t-il comme une menace. As-tu dit oui à sa demande en mariage ?

La chanteuse s'était tue. Elle avait posé son micro sans l'éteindre et il siffla dans l'air tandis que chacun rejoignait sa place. Delphine s'était tournée vers Lola, son amie souffrait d'une révolte profonde, elle pouvait comprendre cela. Face à la cruauté de Denis, on a souvent le souffle coupé.

— Il va y avoir de l'orage, on devrait rentrer, dit Nicolas.

— Vous avez vu Jeanne ? demanda Delphine.

— Je l'ai vue sortir avec un jeune type immense aux yeux noirs, dit Sophie. Ils sont descendus vers la plage.

— Rentrez, dit Denis, je vais la chercher, elle va m'entendre. Rentrez, il va pleuvoir.

Et de ce fait il pleuvait déjà, la poussière montait du sol en ondes épaisses, les gouttes de pluie étaient grosses et chaudes, le décor changeait. Il semblait que le ciel avait décidé de régner sans partage.

— Tu sais pourquoi une seule pièce est éclairée et pourquoi celle à l'étage ?

Jeanne tenait la main de Dimitri, de l'autre Dimitri tenait au-dessus de leurs têtes le grand ciré qui les abritait de la pluie grasse et épaisse. Ils allaient de maison en maison, Dimitri inventait une histoire heureuse pour chacune :

— Le rez-de-chaussée est abandonné depuis dix ans. C'est l'étage du passé, on n'y entre jamais, on y passe en vitesse pour monter au premier étage. C'est là que vit une jeune fille qui a ton âge. Elle s'appelle Emeline, elle aime manger du chocolat en parlant à ses amis sur Facebook et aussi elle aime le matin ouvrir la fenêtre en gardant les yeux fermés pour sentir le temps qu'il fait sans regarder la lumière, et elle ne se trompe jamais. Elle est heureuse. Elle est heureuse parce que…

Dimitri hésita, ils en étaient à la troisième maison, et l'inspiration venait à manquer, ou peut-être était-ce la profondeur soudaine de la nuit et l'étendue nue de la marée basse, ces kilomètres de sable humide sur lesquels ils auraient pu marcher jusqu'à se heurter soudainement à la mer, et choisir de ne pas faire demi-tour.

— Pourquoi Emeline est-elle heureuse ?

Jeanne serra la main de Dimitri plus fort, le grand ciré jaune glissa sur le sable, ils laissèrent la pluie venir sur eux, et en éprouvèrent un soulagement ainsi qu'une immense fatigue. Dimitri reprit :

— Emeline est heureuse parce qu'elle sait qu'au rez-de-chaussée, dans le désordre des objets du passé est caché un ticket. Son premier ticket de manège… ou de cinéma… ou de métro… peu importe. C'est le premier petit, tout petit bout de papier qui lui a donné droit à un autre monde. Avec lui il est possible de ne pas entrer dans la perspective. On peut choisir de suivre une route qui n'existe plus, ou une route qui n'existe pas encore. Si on l'invente, elle existe.

Sous la pluie les gens couraient pour rentrer chez eux, certains sifflaient fort, un chien aboya et une femme eut un cri de surprise effrayée qui fit rire un homme. Dimitri et Jeanne se tenaient droits, trempés, face à la maison à l'unique fenêtre éclairée derrière laquelle aucune ombre n'existait.

— Tu n'es pas beau Dimitri. Je ne t'aimerai jamais.

— Je sais.

— Est-ce que quelqu'un t'aimera ?

— Bien sûr. Ne t'inquiète pas.

— Tu me le promets ?

— Je te le promets.

Ils se tournèrent vers la mer qui n'était plus là. L'horizon sans étoile. Le ciel lourd qui se rendait. Leur vie était semblable à ce paysage qui se délivrerait bientôt et perdrait de son mystère. Ils étaient deux enfants trop grands voulant rejoindre les adultes et sachant les renoncements qui seraient les leurs, et comme leur temps serait rentabilisé, méthodique et grave. Ils prendraient leurs responsabilités en cachant leur désarroi. Ils avanceraient avec entêtement mais ne sachant vers quel but, quel lendemain indéfinissable, des successions d'années dans lesquelles toute estime de soi serait absente. Toujours ils chercheraient à être meilleurs qu'ils n'étaient, toujours ils avanceraient, jusqu'à tomber et se rendre.

— Tu me manqueras, Dimitri.

— Tu me manqueras aussi. Je penserai à toi.

— Pense à moi chaque jour. Dis mon nom chaque jour et je dirai le tien. Jure-le-moi.

— Je te le jure. Tous les jours je dirai « Jeanne ». Je n'oublierai jamais. Il faut que tu rentres chez toi.

— Il faut que je rentre chez moi.

Et cette pensée était une évidence un peu terne mais un apaisement aussi, car elle était vraie. Jeanne devait rentrer chez elle, et c'était le début de toute chose.

— Je me suis souvent moquée de toi ces deux jours, dit-elle.

— Oh je le sais. J'ai l'habitude. Peut-être que moi aussi je me moquerais de quelqu'un comme moi, car je ne suis pas sûr de moi ni de ce que je dis parfois... Par exemple, il est si difficile de répondre quand quelqu'un te dit Bonjour, parce que tout de suite après il te demande Comment ça va, et ne te laisse pas le temps de réfléchir, et moi je pense qu'il faut du temps pour dire vraiment comment on va car souvent on ne le sait pas soi-même. On se lève le matin, et on oublie de se demander comment ça va, et des gens surgissent avec la question, comme si c'était un piège, il faut l'éviter, je comprends que tu te sois moquée de moi, je suis sûrement un peu drôle. Je vais te ramener chez toi.

Ils marchèrent en reniflant et en toussant, la pluie entre leur peau et leurs vêtements mouillés avait une odeur de moisi, de tapisserie humide, et à les voir marcher ainsi main dans la main et courbés, on aurait pu penser qu'ils avaient 100 ans. Mais alors qu'ils allaient prendre le petit escalier qui mène à la digue, Jeanne sentit sur sa main, la pression de Dimitri. Un geste sec, précis, qui lui tira un peu le bras. « Attends, dit-il simplement, attends encore un peu. »

Entendre la pluie couchés dans la chambre-bateau aurait pu être un moment consolateur. Entendre la pluie et souhaiter l'orage, craindre la foudre et savoir que ce qui se passe derrière la fenêtre nous est épargné. Cela aurait pu être pour Samuel et Lola, la conclusion d'un week-end ensoleillé qui annonce sa fin sans remords, et ils auraient fait l'amour lentement, sans mot, sans invention ni surprise, mais assurés de se donner une jouissance mutuelle. Peut-être après se seraient-ils levés dans la nuit, presque au petit matin, les toutes premières lueurs du jour en été. Ils auraient eu faim et seraient descendus pieds nus, à peine vêtus d'un tee-shirt, dans la cuisine sombre. Et tout aurait été doux et sans parole, plein d'une joie secrète, la joie profonde de ceux qui se sont aimés, et pensent que leur jouissance fut unique et que rien de ce mystère ne sera communicable. Ils auraient mangé les derniers fruits dans la cuisine où le grésillement d'une ampoule prête à claquer aurait été le seul son, eux seraient demeurés dans leur silence jaloux, et l'hésitation à recommencer, faire l'amour encore mais avec la peur effleurée que cela soit moins exceptionnel, et pourtant… Depuis la plante de leurs pieds nus sur le carrelage froid, jusqu'à leurs cuisses et leurs ventres, le désir les aurait envahis et rendu leur volonté vacillante comme la lumière au plafond. Et ils auraient aimé leur propre faiblesse, et souhaité être plus souvent ainsi : dépouillés de convictions.

Mais ce soir-là, Samuel ne rejoignit pas Lola dans la chambre-bateau. Samuel choisit de dormir sur le vieux sofa jaune de la bibliothèque du bas, une pièce dont on n'avait pris nul soin et qui servait depuis quelque temps de débarras et sentait le carton. Il était allongé sur le velours poussiéreux et dans la pénombre, entouré de formes hétéroclites, il avait l'impression d'être logé dans un tableau cubiste, et sa vie ressemblait à cette juxtaposition de formes, cet enchevêtrement dont il ne voyait pas la cohérence. Il connaissait Lola depuis presque un an. Si elle avait un enfant en pension, ou vivant chez son père, il l'aurait su. Il y aurait eu des photos dans des cadres, des vacances scolaires et des gardes partagées. Il y aurait eu des coups de fil, des achats, des inquiétudes et des projets. Dimitri était peut-être un menteur. Un pauvre mytho égaré sur la plage. Mais Samuel avait tout de suite aimé ce gosse, sans comprendre pourquoi. Il avait été attiré par sa façon maladroite de s'adresser aux autres, de marcher sur le sable, de buter sur les mots, et il se dit qu'un garçon qui cherchait ses mots avec une telle volonté ne pouvait pas être un menteur. Les menteurs ont des discours fluides, appris avant d'être dits, ils sont protégés par leurs inventions. Pourquoi Dimitri avait-il parlé à Rose du « petit garçon de Lola » ? Que cherchait-il en faisant cela ? Il a été humilié, pensa Samuel. Dès le premier jour, tous l'ont humilié, jugé et chassé du jardin. Personne ne supporte l'humiliation. Les timides moins que les autres.

Dehors le vent soufflait fort et une branche tapait le carreau, comme un mendiant têtu, sans renoncer, alors Samuel se leva. Il ouvrit la fenêtre et le vent entra avec force, quelques papiers s'envolèrent, une lampe tomba sans bruit, il reçut le souffle chaud mêlé de pluie et de terre, les éclairs dessinaient dans la nuit des formes aiguës, le ciel était assailli mais demain, dans quelques heures, dans quelques minutes peut-être, tout s'apaiserait. Samuel ne savait pas s'il voulait vraiment la vérité. Lola pouvait être une fille qu'il avait inventée et c'est cette personne-là qu'il voulait, plus que la dissimulatrice d'enfant, dont l'histoire serait sûrement trop compliquée pour lui. Il venait à peine d'entrer dans le monde des adultes. Il ne connaissait pas cette femme, l'été d'avant. Pour dormir loin d'elle cette nuit-là, deux étages plus bas, il avait prétexté une crise de migraine déclenchée par l'orage. Elle n'y avait pas cru et cela était sans importance. L'important était qu'elle ait fait semblant d'y croire et lui ait proposé un Doliprane, et indiqué le tiroir de la cuisine qui contenait les médicaments. Ainsi on peut passer du monde sincère à celui du faux avec exactement les mêmes mots, les mêmes prévenances, comme si toutes les situations étaient connues et jouées d'avance. Lola n'était pas, il le savait, le genre de fille à faire des scènes. A s'accrocher ou supplier. C'était une fille qui connaissait le revers de la médaille : elle était forte, donc souvent seule. Elle faisait partie de ces êtres qui se cachent pour pleurer et chassent leurs idées noires avec des remèdes aussi bêtes qu'infaillibles : alcool, séries télé, nourriture excessive, shopping, travail, et toujours le sourire aux lèvres. Ce sont des guerrières.

De celles qui ont appris la tendresse en colo et la survie dans leur chambre d'enfant. Elles ne lâchent jamais. Samuel doutait être assez fort pour cela.

Nicolas entendait Marie chanter dans la salle de bains, fredonner *L'Eté indien* sous la douche comme une jeune fille après son premier bal. Ils avaient dansé ensemble. Elle s'était sentie belle, parce qu'il l'avait trouvée belle. Il s'était senti délesté, parce qu'il lui donnait la part protégée de son être. Le reste, elle l'ignorait. Finalement, c'était un beau week-end. Dans la maison de Denis. Lui avait-il jamais dit merci ? Ne l'avait-il jamais considéré autrement que comme celui qui a les moyens de recevoir, le préposé aux factures, celui qu'on aurait traité de lâcheur s'il avait disparu pour toujours dans le désert ? « Mais bon Dieu qu'est-ce que tu vas chercher là-bas ? », lui avait-il demandé une fois. Et Denis avait hésité, sachant que Nicolas ne comprendrait sûrement pas, car les mots de nos croyances sont des mots prétentieux, qui ne disent rien pourtant de ce dont nous faisons l'expérience avec une humilité bouleversée. Alors il avait souri et ce sourire qui disait ouvertement à Nicolas « tu es gentil mais ce n'est pas pour toi », l'avait piqué au vif.

— Denis, je suis pas si con, je peux comprendre.

— Qu'est-ce que la connerie vient faire là-dedans ?

— Non je veux dire... je peux comprendre plus de choses que tu ne crois.

— Il ne s'agit pas de toi, de ce que tu peux comprendre ou non, je m'en fous. Il s'agit de ce que j'ai envie de partager. Ou non.

— Et c'est non ?

Denis avait allumé une cigarette, de ses mains impeccables et soignées, et regardé au loin, l'air passablement ennuyé.

— J'aimerais voir dans quel état tu rentres, j'aimerais savoir ce que tu fais en premier quand tu rentres, est-ce que c'est une manucure, un long bain, un câlin à tes mômes ?

— Ah oui : tu es un peu con…

— Je te le disais !

— Quand je rentre je vais voir ma mère, c'est la première chose que je fais, parce qu'elle a un peu perdu la boule elle confond mes retraites dans le désert avec des vacances au Sénégal, alors quand elle me demande si j'ai tué beaucoup d'antilopes, je réponds « beaucoup, maman », après elle veut savoir si les buffets étaient bons et si je n'ai bu que de l'eau minérale, je réponds « oui maman », et je repars. Je peux rentrer chez moi, où on ne me demandera rien. Mais j'ai eu l'impression qu'on s'est intéressé à moi. Et ne prends pas cet air désolé, car le lendemain, je fais quand même une manucure, OK ?

— OK…

Dehors le vent sifflait en s'engouffrant dans les ruelles, les passages qui mènent à la mer, les jardins, on aurait dit qu'il pourchassait quelqu'un et sa colère paraissait froide et rancunière. Marie sortit de la salle de bains, une serviette nouée au-dessus de sa poitrine, les cheveux trempés. Nicolas pensa que c'était une jolie chose que de la voir ainsi, presque nue, souriante, qui venait vers lui en chantonnant.

— Pourquoi tu souris ? lui demanda-t-elle.

— Pour rien.

— Tu te couches pas ?

— Je te regarde.

— Oh, je vais baisser la lumière alors…

Mais au lieu de cela elle alla derrière lui et l'enlaça, il sentit les gouttes d'eau sur son cou, elle passa les mains sur son torse :

— Mais tu avais raison, dit-elle, tu as de super-abdominaux…

— Tu trouves ?

— Oui. Je te trouve très beau.

— C'est vrai ?

— C'est vrai, je voulais te le dire, tu as été très beau tout le week-end !

— Tout le week-end ? Oh non, c'est trop !

— Bon alors peut-être pas… voyons… peut-être pas quand tu as loupé ton revers au tennis… ou quand tu as eu cet énorme rot en buvant ta bière hier soir…

— Moi ? Jamais ! Jamais ça ne m'est arrivé !

— Ah… Alors tu as été beau tout le temps !

Il se tourna vers elle et dénoua la serviette, ses seins étaient ronds et généreux, chauds encore de la douche comme deux pains tendres pleins d'une mie souple, il mordit dedans avec un appétit heureux qui la fit gémir doucement ; le vent battait aux carreaux, balançant la pluie, des feuilles arrachées et des aiguilles de pin malades, mais ils s'en fichaient. Ils étaient ensemble, pris dans une union vivante, impatiente, ils avaient le désir d'eux-mêmes et ils se reconnaissaient dans ce désir commun. Nicolas voulait vivre au plus profond de Marie et se laisser happer par l'oubli, pourtant, lorsque son téléphone sonna, encore et encore, et que Marie eut ce soupir qui ne devait rien au plaisir, se recula imperceptiblement, et qu'il vit le prénom de Denis clignoter sur l'écran d'accueil, il sut, parce qu'il était si tard et parce que jamais son ami ne l'appelait à cette heure-là sans raison, qu'il devait répondre.

Denis avait demandé à Nicolas de le rejoindre, et ils roulaient maintenant vers la pointe d'Agon, sans raison, pour aller quelque part, espérer que peut-être Jeanne et Dimitri soient partis avec des copains prendre un verre là-bas. C'était idiot. Ils le savaient, mais il fallait bien faire quelque chose, diluer l'angoisse dans l'action, la fuir avant qu'elle ne vous paralyse totalement. Denis avait cherché partout, frappé à des portes, passé des coups de fil, crié sur la plage, la place, la digue, il avait été furieux, inquiet, découragé, et puis trop seul. Ils arrivèrent à Agon, déserte et trempée, ils marchèrent dans la boue, entrèrent dans les bars, on aurait dit que le mois de septembre était arrivé dans la nuit, la ville semblait n'avoir qu'une seule rue, n'être qu'un décor de cinéma abandonné.

— C'est qui ce type, ce Dimitri hein ? C'est qui ce type qui se pointe et m'enlève ma fille ? Pourquoi tu te marres ?

— Ecoute, il ne l'a pas enlevée, aujourd'hui quand une fille se balade avec un garçon, ça n'a pas directement de rapport avec l'enlèvement des Sabines.

— Ah, parce qu'elle se « balade » ? C'est ça que tu as dit ?

— Bon, on va où, là ?

— Je sais pas. Je peux pas rentrer sans l'avoir trouvée, j'ai promis à Delphine.

— Ça faisait longtemps que tu lui avais pas fait de promesse…

Nicolas se demanda combien de clandestins approchaient à l'instant même les côtes anglaises, et combien dérivaient, avant de s'échouer. Il fallait trouver Jeanne, il fallait s'occuper de ça, et qu'ils rentrent tous les trois à la maison, boivent des litres de café jusqu'à ce que le jour se lève et qu'ils arrivent au matin épuisés et incertains. Souhaitant juste fermer les volets et dormir. Alors ils se réveilleraient au cœur de l'après-midi, et engourdis, pris dans le filet des habitudes et de la routine, chacun repartirait pour Paris comme il était venu et avec qui il était venu.

— Elle a 16 ans, merde ! gueula Denis, elle DOIT dire où elle va ! Et tu veux bien me dire à quoi ça sert que je lui aie offert un portable, hein ? Un portable à un enfant, c'est comme une laisse à un chien, tu comprends ?

— Je comprends, ne t'emballe pas là, je connais bien ça : tu vas avoir une crise de panique.

— C'est le monde à l'envers.

La pluie redoublait, ils remontèrent dans la voiture. Denis alluma une cigarette, sans démarrer. Il fixait le pare-brise assailli, la nuit qui ne donnait sur rien, Nicolas pensa aux seins de Marie, le désir lui brûla le ventre, il en fut gêné autant que flatté.

— Pourquoi tu souris bêtement ?

— Moi ?

— Il est deux heures du matin, j'ai perdu ma fille, il pleut, on n'a plus nulle part où aller et toi tu souris. Pourquoi ?

Nicolas voulait prendre l'air innocent et étonné, mais il était toujours en érection et il éclata de rire.

— C'est nerveux j'espère ?

— Quoi ?

— Ton rire, là.

— Ah oui, oui oui c'est nerveux. Le rire… il est nerveux.

C'était la chose la plus déplacée qui soit, Nicolas le savait, mais rien ne pouvait enrayer cette joie qui vibrait en lui sans qu'il puisse s'en défendre. Denis le regardait avec une stupeur envieuse, puis il se mit à rire aussi, contre son gré, et il n'y avait rien de plus franc que le rire de ces deux hommes qui ne savaient plus où aller. Quand cela cessa, il leur sembla que le rire avait épuisé leurs dernières forces. Denis mit le moteur en marche et alluma le chauffage.

— Qu'est-ce qu'elle t'a dit Delphine, exactement ?

— Delphine ?

— Oui, Delphine, ma femme ! Elle a personne dans sa vie, c'est ça ?

— Nnnon… Elle a personne.

— C'est bien.

L'orage s'était éloigné, les éclairs semblaient inoffensifs et vaguement décoratifs, une frayeur qui s'efface. La pluie maintenant était régulière et têtue, comme installée là pour longtemps.

— Tu sais pourquoi je vais dans le désert ?

— Non.

— Dans le désert je ne possède rien. J'espère, juste. Tu comprends ?

— Qu'est-ce que tu espères ?

Denis mit les phares, leva le frein à main, et enclencha la première. Les nids-de-poule rendaient leur départ difficile, entravé.

— J'espère pouvoir m'étonner encore. Voilà ce que j'espère.

Ils rejoignirent la route minuscule dans la lumière des phares, étrangement réduite et improvisée, les essuie-glaces avaient un son régulier et apaisant, la chaleur était sèche et leurs corps ne tremblaient plus. Nicolas se dit qu'il dirait la vérité à Denis, plus tard. Quand ils auraient retrouvé Jeanne.

— Tu ne dois pas avoir peur.

— Je n'ai pas peur, dit Jeanne.

Elle était inquiète pourtant, mais soulagée aussi de cette inquiétude, car enfin, il lui arrivait quelque chose. C'était maintenant et c'était concret. Son imagination n'y était pour rien. Elle était embarquée quelque part et elle ne savait où. Quelque chose arrivait qui n'était pas connu. Dimitri passa ses doigts sur son crâne mouillé, lui massant doucement les tempes.

— Fais-le toi aussi, dit-il.

— Quoi ?

— Masse mes tempes. Vas-y fais-le, n'aie pas peur.

Ils étaient allongés sur le sable, près des rochers, un peu protégés de la pluie par les pierres noires, aiguës, des blocs déposés là pour barrer la route au sable qui s'avançait vers les hommes et leurs maisons. Jeanne posa ses doigts sur la peau mouillée et chaude de Dimitri, elle ressentait comme lui le soulagement léger à ses tempes, la détente qui s'imprimait sur son front et autour de ses yeux. Elle ferma les yeux. Comme lui. Elle se concentra sur ses gestes, pour faire les mêmes. Ils se massèrent mutuellement et en même temps le cou, les épaules, appuyèrent leurs doigts autour de leurs omoplates, firent de légères pressions sur leur dos, du haut de la colonne vertébrale vers le bas. C'était drôle. Incroyable. Sentir ce que l'autre sent. Avoir ses attitudes. Ses gestes. Comprendre ce qu'il attend, puisqu'on l'attend aussi : ce besoin que le massage aille en s'amplifiant, car le corps se dénoue lentement, il respire sous la pluie et la pluie respire avec nous. C'était comme prendre une longue douche, mais allongés, face à face comme deux jumeaux dans un ventre, en dehors des autres et sans référence au monde. Dimitri posa la main sur le ventre de Jeanne. Quelques secondes absentes, avant que Jeanne... Elle posa sa main sur le ventre du garçon. Mais avait envie de cesser le jeu. Ne voulait plus être inquiète.

— Tu n'as pas peur de moi, dis : tu n'as pas peur de moi ?

La voix de Dimitri, un peu cassée et basse, avait un accent inconnu, comme venu d'un pays qui n'existe pas. Il ouvrit la main sur son ventre, posa sa paume bien à plat et elle sentit les ondes de chaleur qui se répandaient sous sa peau. Elle sentait pour la première fois le sang battre à son ventre, une artère nouvelle, une impulsion. Alors elle ouvrit la main sur son ventre à lui. Le garçon respira différemment. Il poussa un long soupir, comme un chien qui se couche. Puis il glissa sa main sous la jupe de Jeanne, la posa sur sa culotte, et ne bougea plus. Il attendait. Mais elle était incapable de faire la même chose.

— Tu n'es pas obligée, dit-il. A présent tu dois t'abandonner. Même si tu n'as jamais appris ça, l'abandon.

L'orage s'était éloigné, mais le vent était glacé maintenant, elle l'entendait siffler dans les rochers, des milliers de petits animaux se faufilant en vitesse. Des rats. Des crabes qui marchent de travers. Et la main de Dimitri demeurait immobile, sur le sexe protégé de Jeanne.

— N'aie pas peur du vent, c'est une autre musique. C'est autre chose maintenant.

— Tu as des… Enfin tu sais, je suis vierge… je ne prends pas la pilule…

— Regarde-moi.

Elle ouvrit les yeux. La lumière des réverbères sur la digue leur apportait une luminosité lointaine et fragile, comme un léger brouillard. Les yeux de Dimitri paraissaient plus noirs que la nuit, effrayés et volontaires. Des gouttes de pluie perlaient à ses cils, le sable était pris dans ses cheveux ras. Elle se demanda où étaient passés son mauvais caractère et sa détermination, pourquoi elle se soumettait à la peur, à ce garçon maigre dont elle s'était moquée depuis le début.

— Je te fais peur ?

Et il ôta sa main aussitôt.

— Je ne veux pas te faire peur.

Il se redressa pour s'asseoir, triste et vaincu. Jeanne pensa qu'elle l'avait déçu. Incapable de jouer le jeu jusqu'au bout. Trouillarde comme une adolescente pas encore sortie du giron maternel, la fifille riche et apeurée. Elle ne reverrait jamais ce garçon, elle le savait. Et elle savait aussi qu'il n'avait pas de préservatif dans ses poches. « Tant pis », se dit-elle. Une seule pression de ses doigts sur le dos de Dimitri suffit pour qu'il comprenne.

Delphine avait frappé à la porte de Marie. C'était ça, ou fuir tout de suite. Faire sa valise pendant que Denis cherchait Jeanne, appeler un taxi sitôt qu'il l'aurait retrouvée, et partir avant qu'ils n'arrivent. Se sauver. Comme ce verbe était juste. Loin d'eux Delphine cesserait d'être quotidiennement une mauvaise mère. Celle qui ne répond pas aux attentes de ses enfants qui sont en droit de TOUT attendre. Puisqu'elle est leur mère. Mais si on incline le visage doucement, si on se détourne, *parce qu'on ne peut plus…* ? Marie pensait qu'elles devaient partir chercher Jeanne.

— Si je sors de cette maison, dit Delphine, il me semble que ce sera pire. Sortir et me retrouver à appeler Jeanne dans la nuit, c'est comme avouer qu'il y a un danger. Ici je suis juste une mère qui attend sa fille en retard.

— Mais il y a un danger.

Delphine vit le lit défait, la serviette de bain à terre. La simplicité d'une vie à deux.

— Je n'ai jamais aimé ce Dimitri, je m'en suis méfiée depuis le début, dit-elle.

— Tu disais qu'il avait raison, pour le grand pin.

— Il est arrivé ce qu'il avait prédit. Parce qu'il l'avait prédit.

Il y avait un tube d'arnica sur la table de nuit, des capsules de médicaments. Et dans la chambre cette odeur de shampooing et de linge chaud, tout juste repassé, c'était un monde clos, le monde des êtres qui se touchent. Insupportable.

— Tu as raison, dit Delphine, sortons.

Elles s'habillèrent comme des marins qui vont prendre la mer, cirés, bottes, chapeaux et lampes-torches. Dehors il ne pleuvait plus et le vent prenait toute son ampleur, il possédait le paysage. Les flaques d'eau tremblaient, les gouttières lâchaient des eaux terreuses mêlées d'aiguilles de pin et d'herbes molles. Les volets claquaient, et sous les portes des maisons basses les feuilles pourries s'accumulaient avec la boue. Elles entendirent crier derrière elles : Lola courait pour les rejoindre.

— Voilà notre reporter de guerre ! dit Marie, pour que cela paraisse léger, presque comique.

— On va où ? demanda Lola.

C'était une question qu'elles ne s'étaient pas posée. Où aller, et pourquoi ? Denis n'avait-il pas déjà cherché Jeanne partout, dehors et aussi chez les uns et les autres, les copains, les voisins ?

Alors elles marchèrent au hasard, droit devant elles, et virent la nuit comme elles ne l'avaient jamais vue, ce monde auquel elles échappaient et qui existait si fort. Le silence prenait toute chose dans un mystère compact, la digue, la maison du magistrat avec ses glycines, les poteaux télégraphiques, ligneux et vibrants, les réverbères blancs et la plage profonde, et les éléments semblaient contenir plus que leur apparence. Ils cachaient des forces retenues et des possibilités effrayantes aux puissances pas encore expérimentées. Mais c'était là. Souterrain et tenu.

— J'aime mieux la ville la nuit, dit Delphine.

— Avec les hommes ? osa Marie.

— Avec ou sans les hommes. Mais le bruit, les lumières. Oh… peut-être les hommes, aussi, mais est-ce que c'est si important ? Pourquoi est-ce que ça vous étonne, tous ? Hein ? De toute façon…

— Je sais où il faut chercher Jeanne, dit soudain Marie. Si elle est avec Dimitri…

Et sûre que son idée était juste, elle les mena au bout de la plage, vers les rochers un peu à l'écart. Là où elle avait vu Dimitri nager seul. Alors elles eurent peur, sans se le dire. Et chacune revoyait ce garçon, et l'intuition qu'elle en avait. Un corps simple dans l'espace, et ce visage sans repère, d'une laideur attirante, une lumière qui offusque. Un garçon de 20 ans. Gentil. Timide. Osé. Sans frayeur. Il portait le visage des enfants abandonnés et des inconnus dangereux, des voleurs d'adolescentes, et des grands frères offensifs. Il était ce que l'on craignait de lui et ce qu'on n'en pouvait définir, et ainsi imaginé et incompris, il prenait toute la place. Elles avançaient ensemble et malgré la peur, se sentaient fortes et réunies. Une femme à trois têtes. Un monstre qui depuis la nuit des temps cherche son enfant, et le cherche au plus profond de ses terreurs. Le vent sifflait maintenant dans les rochers et prenait des formes nouvelles, des contours et des emportements en vrille. Il était contrarié et fouillait l'espace restreint qui voulait le contenir. Elles redoutaient que Jeanne soit là, et l'espéraient aussi. Car sans cela, où aller ? Marie leur désigna le lieu exact, juste après la dernière maison, si près des dunes, la plage heurtée de rochers noirs. Elles avancèrent lentement, et pour calmer son appréhension Delphine se dit qu'il était possible que rien de mal n'arrive, même la nuit, dans la pluie, le vent, l'orage lointain et la solitude. Des choses bonnes peuvent surgir. Une réalité saine et sans ombres. Les lampes-torches braquées sur la plage éclairaient des coquillages traînés par le vent et des algues emmêlées. Des cailloux qui tressautaient et roulaient. Un chat miaula brièvement, un cri coincé, désagréable. Delphine ne se décidait pas à appeler Jeanne, crier le nom de sa fille serait comme entendre la voix concrète de la peur. Alors Lola le fit pour elle, doucement, d'une voix aimable, comme on attire un animal craintif, avec une insistance sucrée. Et elles entendirent son rire. C'était le rire ancien de la petite Jeannette, le club Mickey et les jupes à volants, les lèvres bleuies et les frictions de sa mère, pour la réchauffer. C'était le rire des dessins de fête des mères et des poèmes entortillés. C'était le rire des chambres en désordre et des dessins sur le mur. Des bêtises et des contes de fées. Elle était là, derrière elles. Sa jupe battait autour d'elle, soulevée par le vent, comme des mains en vrac. Elles la regardèrent, stupéfaites, suspendues à cette vision blanche. Delphine comprit que sa fille avait grandi sans l'en avertir. Elle avait puisé ailleurs qu'avec elle, des nécessités et des idéaux, des forces aussi. Elle s'était tournée vers des soleils qui n'étaient pas elle et dont elle avait tiré des enseignements et la chaleur de ses convictions. Elle alla à elle, ses amies la regardaient, guettaient bien sûr sa réaction. Comme toujours on guette la réaction de la mère. Et Delphine chercha sur le visage de Jeanne, ses bras, ses mains, des marques de maltraitance ou de brusquerie, mais on aurait dit que seul le sable l'avait touchée, il s'accrochait à elle par petites plaques, comme une maladie de peau.

— Mais tu étais où ? Tout le monde te cherche. Tout le monde ! Au lieu de dormir, tout le monde est dans la nuit ! Tu comprends ça ? Ce que tu as fait ? Tu es malade ou quoi, hein ? Mais tu étais où, tu étais où ?

— J'étais là.

— Il est où l'autre ? Dimitri il est où ?

— Qui ?

— On vous a vus partir ensemble, dit Lola, est-ce qu'il t'a fait du mal ?

— Qui ?

— Oh ! dit Delphine, mais j'ai envie de te frapper ! Te frapper ! Tu peux pas savoir !

Jeanne les regarda, ces amies qui déambulaient dans la nuit, fatiguées et vieillies, sans élégance sous leurs cirés, elle s'approcha de sa mère, son visage démaquillé et son égarement.

— Je suis désolée, dit-elle, je ne voulais pas que tu te fasses de souci, vraiment pas.

— Je vais chez la mère Thibault, dit Delphine en la repoussant.

— Chez la mère Thibault ? dit Jeanne, mais tu vas te ridiculiser, crois-moi. Tu vas passer pour une folle, déjà que…

— Déjà, quoi ?

— Tu n'es pas crédible maman. Va te coucher.

Marie prit Delphine par le bras :

— Rentrons.

Et après une hésitation, Delphine lui obéit. Alors elles rentrèrent, entourant Jeanne de leurs silhouettes jaunes et semblables, leurs intuitions sans réponses. Et leur amitié qui avait eu si peur.

Le lendemain chacun rentra chez soi. Nicolas avait mal à la hanche, il demanda à Marie de conduire. Ils firent le voyage en silence. Le ciel était gris et se confondait avec l'ardoise des toits, la couleur du bitume. Un paysage ensommeillé et sans perspective.

Au pied de leur immeuble, avant de sortir de la voiture, Marie exigea de Nicolas la vérité sur sa dépression nerveuse. Une pluie fine tombait sur Paris, au sol les confettis du 14 juillet collaient aux trottoirs. Nicolas pensa que c'était le temps idéal pour se délivrer de ses silences. Il raconta l'histoire de son amie Kathie qui avait aimé un de ses élèves, mineur, et combien il avait tenté de la mettre en garde. En vain. Alors, voulant la protéger malgré elle, il avait poussé le gamin à bout, l'avait menacé, harcelé jusqu'à ce qu'il puisse un jour le faire exclure du lycée pour faute disciplinaire. Il s'était acharné sur lui, pour sauver Kathie. C'est ce qu'il croyait. Mais lorsque l'élève qu'elle aimait avait été viré, elle avait pris sa défense avec tellement de passion et si peu de maîtrise d'elle-même, que la vérité sur leur relation était apparue. Le scandale avait éclaté. Kathie Vasseur avait été exclue de la fonction publique. Quinze jours plus tard, l'élève et sa famille quittaient la ville. Une semaine après, Kathie mettait fin à ses jours. A Coutainville Nicolas avait pris un instant Dimitri pour le frère de Kathie, qui le jour de l'enterrement avait juré venger sa sœur et avoir sa peau. Mais ce n'était pas le frère de cette femme qui poursuivait Nicolas, c'était lui-même, ses idées noires, ses obsessions... il demanda à Marie si elle pensait qu'il était coupable du suicide de la jeune femme. Marie ne répondit rien. Elle avait passé vingt-cinq ans à vouloir être admirée et aimée par un homme qui lui cachait la part la plus cruelle de sa vie. Elle avait accepté qu'il la place aussi haut qu'une idole sans comprendre que cela n'était pas l'amour, mais juste une façon de la poser à côté de l'existence, dans une marge sacrée et irréelle. Et elle se dit aussi que rien n'est pire que de vouloir être parfait. Alors elle accepta que sa vie fût cela et seulement cela : jouer la comédie. Sans être connue. Sans être bien payée. Elle appela son agent et lui dit que finalement, elle accepterait de jouer la grand-mère, et qu'elle saurait donner à ce rôle, le meilleur d'elle-même. Il lui restait tant d'années à vivre, et chacune d'elles apporterait à ce qu'elle jouerait, son expérience et sa vérité. De cela, Marie était sûre.

Lola était à la gare de Coutances, ce 15 juillet-là, prenant un café sur le zinc, lorsqu'un homme posa devant elle une paire de chaussures.

— Bonjour, lui dit Samuel, je crois que j'aimerais vous connaître.

Elle regarda ses pieds nus, son visage ravagé de fatigue, vieilli et humble.

— Et je n'ai pas besoin de tequila pour cela, ajouta-t-il.

Elle laissa passer du temps. Un long temps sans parler. Puis le train entra en gare. Elle posa la monnaie sur le comptoir, et s'engagea sur le quai. Elle le sentait qui la suivait, mais elle ne se retourna pas. Elle monta dans le train, choisit un wagon désert. Il entra derrière elle. Posa ses pieds nus non pas sur la banquette, comme un homme qui se délasse, mais par terre, comme un homme à part. Alors elle lui parla aussi franchement, aussi nettement qu'elle avait parlé à Dimitri.

Delphine laissa Denis accompagner les enfants au train. Elle dit qu'elle fermerait la maison. Mais quand il revint, les volets étaient encore ouverts, le portail du jardin battait dans le vide, et sous le porche les vélos trempés n'avaient pas été mis au garage. Le vent était plus doux, la mer au loin formait une seule bande grise, un peu métallique, et le ciel sans nuage semblait au repos, étendu et pâle. La maison sentait encore le café et le pain grillé, le passage des uns et des autres, retenu seulement par cette odeur de petit déjeuner. Delphine était dans la chambre, regardant la mer derrière les vitres sales que l'orage de la veille avait frappées de terre et de sable, et des gouttes de pluie y tremblaient encore, pareilles à de minuscules insectes s'accrochant pour ne pas tomber. Elle est fatiguée, pensa Denis, et si peu concrète, encore moins que d'habitude, si c'est possible. Mais n'était-ce pas elle qui la veille avait retrouvé leur fille ? Lui était rentré bredouille avec Nicolas, alors il avait fait la leçon à Jeanne, lui avait passé un sacré savon que tous avaient pu entendre. Il avait repris la main. Puis il s'était couché seul, car Delphine avait dormi dans la chambre-bateau, avec Lola. Samuel lui… ah tiens ! Il l'avait gagné son pari ! Il s'en foutait d'ailleurs.

— Tu as fait tes valises, au moins ? demanda-t-il.

— Non.

— Ben il serait temps.

— Je vais aller voir ce Dimitri.

— Quoi ?

— Je veux savoir ce qu'il a fait à ma fille. Elle est mineure, tu t'en souviens ?

— Puisqu'elle te dit qu'elle était seule. Elle est partie dans ses rêveries d'adolescente et elle s'est endormie sur la plage… Endormie sur la plage, je te demande un peu ! A croire que l'orage l'a frappée, ma parole !

— Je suis sûre qu'elle ment, qu'il le lui a demandé, ce trouillard !

— Si tu le dis…

Puis ils se turent. Des cavaliers trottaient sur la plage, dans une sorte de nonchalance satisfaite, un petit contentement dans le matin frais. Delphine se tourna vers Denis.

— Toi bien sûr, tu ne nous crois pas.

— Vous en parlez tous, mais moi je ne l'ai jamais vu… comment vous dites : Vladimir ?

— Dimitri.

— Tu sais ce que je crois ? Je crois que chacun de vous a vu un garçon différent et qu'à force d'en parler vous les avez réunis pour n'en faire qu'un seul.

— C'est ça ! Le Père, le Fils et le Saint-Esprit !

— Qui sait ? La Sainte Trinité.

Et ils rirent. Ensemble. Surpris de rire à ce moment-là, et pour la même chose. Puis ils en furent gênés, encombrés par cette complicité.

— En revenant de la gare je suis passé devant chez la mère Thibault, c'est fermé, tu sais que le 15 juillet elle va toujours chez sa sœur à Saint-Lô.

— Ah merde !

Elle venait de lâcher prise. Devant lui. Ce petit juron de fille maladroite qui a raté sa cible.

— Alors tu fais ta valise, maintenant ? demanda-t-il.

— Je vais rester.

— Ici ?

— Oui, ici.

— Toute seule dans la maison ?

— Tu penses que je n'en suis pas capable ?

— Tu nous rejoins quand ?

— Je ne vous rejoins pas.

Il sut qu'elle disait la vérité. Pour une fois. Et il ne protesta pas. Son désert à elle s'appelait Coutainville. Elle y avait droit autant que lui. Et c'était sans doute mieux que cette vie de côté qu'elle menait jusqu'alors. Les petits arrangements et les compromis qu'ils avaient tous deux acceptés. Il ne savait pas comment il en parlerait aux enfants, comment ils feraient tous les quatre pour vivre ainsi éparpillés, comme des animaux qui n'ont pas choisi les mêmes refuges. Pourtant, il n'y avait rien d'autre à faire, que dire D'accord.

— D'accord, dit-il.

Et il vit sa gratitude.

Et quand les volets des maisons sur la digue et ceux des maisons cachées, des bicoques louées à la semaine, des chambres d'hôtel et des pensions de famille furent fermés, il sembla à Delphine que la ville respirait différemment. Les jours passaient sans justification ni loisir, avec une implacable et cruelle régularité, sans qu'on puisse rien en retenir. Parfois, il faisait beau pour personne. Certains dimanches au contraire, la tempête se levait. Les hommes n'en tiraient aucune leçon, déplorant seulement que cela fût injuste. Les pins de la côte étaient malades. A l'automne leurs aiguilles tachées et marron se répandirent dans les traverses, les chemins de terre, les impasses, et sur les courts de tennis vides auxquels on avait ôté les filets. Delphine s'occupa seule du grand pin. Elle savait qu'il reverdirait. Il redeviendrait sain, et fidèle à lui-même il saurait les protéger, encore.

Merci à Aurélien Astaud-Olmi,
à Alexis Lis.

Et à Jean-Paul Enthoven
pour sa confiance.

Véronique Olmi
dans Le Livre de Poche

La pluie ne change rien au désir n° 30868

Elle entendit la porte de la salle de bains s'ouvrir, releva la tête, il était nu encore, le sexe abandonné, sexe mort de statue, il s'approcha d'elle, elle remarqua qu'il ne se coupait pas les ongles des pieds, des griffes pour son corps protégé, ses poils mélange de sueur de sel et d'acidité, elle se souvenait elle l'avait en elle gravée dans sa mémoire et à l'empreinte de ses doigts, son odeur d'homme vivant, l'odeur de sa peau dans le travail des heures, sa sueur d'homme depuis le matin avec, dans cet instant, dans cet hôtel, un peu de son goût à elle, un peu de son parfum et de sa peur, sans le savoir déjà leur odeur l'une contre l'autre pour brouiller les pistes de l'habitude et du temps.

Le Premier Amour n° 31133

Une femme prépare un dîner aux chandelles pour fêter son anniversaire de mariage. Elle descend dans sa cave pour y chercher une bouteille de vin, qu'elle trouve enveloppée dans un papier journal dont elle lit distraitement les petites annonces. Soudain, sa vie bascule : elle remonte les escaliers, éteint le four, prend sa voiture, quitte tout. En chacun d'entre nous repose peut-être, tapie sous l'apparente quiétude quotidienne, la possibilité d'être un jour requis par son premier amour…

Sa passion n° 30947

Comment font les autres, tous ceux qui ne meurent pas d'amour ?

Du même auteur :

Théâtre

LE PASSAGE, Editions de l'Arche, 1996.
CHAOS DEBOUT, LES NUITS SANS LUNE, Editions de l'Arche, 1997.
POINT À LA LIGNE, LA JOUISSANCE DU SCORPION, Editions de l'Arche, 1998.
LE JARDIN DES APPARENCES, Actes Sud-Papiers, 2000.
MATHILDE, Actes Sud-Papiers, 2001 et 2003.
JE NOUS AIME BEAUCOUP, Grasset, 2006.
UNE SÉPARATION, Triartis, 2009.

Romans

BORD DE MER, Actes Sud, 2001 ; Babel, 2003 ; J'ai Lu, 2005.
NUMÉRO SIX, Actes Sud, 2002 ; Babel, 2004 ; J'ai Lu, 2005.
UN SI BEL AVENIR, Actes Sud, 2004 ; Babel, 2005.
LA PLUIE NE CHANGE RIEN AU DÉSIR, Grasset, 2005 ; Le Livre de Poche, 2007.
SA PASSION, Grasset, 2007 ; Le Livre de Poche, 2008.
LA PROMENADE DES RUSSES, Grasset, 2008.
LE PREMIER AMOUR, Grasset, 2010 ; Le Livre de Poche, 2011.

Nouvelles

PRIVÉE, Editions de l'Arche, 1998 ; Babel, 2004.
LA PETITE FILLE AUX ALLUMETTES, Stock, 2004.

Composition réalisée par NORD COMPO

Achevé d'imprimer en avril 2012 en France par
CPI BRODARD ET TAUPIN
La Flèche (Sarthe)
N° d'impression : 68758
Dépôt légal 1re publication : mai 2012
LIBRAIRIE GÉNÉRALE FRANÇAISE
31, rue de Fleurus – 75278 Paris Cedex 06

31/6213/8